無敵浪人 徳川京四郎

三

天下御免の妖刀殺法

◆

早見　俊

コスミック・時代文庫

この作品はコスミック文庫のために書下ろされました。

目次

第一話　駆け込み侍

一

「近頃のお侍って、ほんと情けないですね」

松子《まつこ》は嘆《なげ》いた。

「なんだ、藪《やぶ》から棒に。おれに対するあてつけか」

徳川京四郎宗道《とくがわきょうしろうむねみち》は大きく伸びをした。

徳川という姓が示すように、この男、徳川家所縁の血筋、紀州藩主・徳川光貞《みつさだ》の落とし胤《だね》である。そして八代将軍・吉宗《よしむね》は、京四郎の実母である貴恵《きえ》を、姉のように慕っていた。だが、その貴恵はすでに亡くなっており、吉宗は忘れ形見の京四郎を、実の弟、または甥のように気にかけていた。

だが、そんな貴種にもかかわらず京四郎は、いまのところ大名でも旗本でもない。もちろん、幕府の役職とも無縁の浪人であった。

背縫いを境に左右の身頃《みごろ》、袖《そで》の色や文様《もんよう》が異なる片身替《かたみが》わりの小袖を着流している。左半身が浅葱《あさぎ》色地に真っ赤な牡丹《ぼたん》が、右半身は紅色地に龍が金糸で縫い取られ、紫の帯を締めていた。

役者のように人目を引く華麗《かれい》な装いは、とうてい浪人には見えない。

加えて月代《さかやき》を剃らずに髷《まげ》を結う、いわゆる儒者《じゅしゃ》髷を調える鬢《びん》付け油と、小袖に忍ばせた香袋が甘くて上品な香りを漂《ただよ》わせている。

きりりとした面差《おもざ》しと相まって、高貴な血筋を感じさせてもいるのだが、質実《しつじつ》剛健《ごうけん》を旨《むね》とすべき武士とはかけ離れた身形《みなり》ゆえ、松子が批難してもおかしくはない……京四郎がぼんやりそう思っていると、

「これですよ」

松子は読売《よみうり》を差しだした。

松子が営む読売屋、夢殿屋《ゆめどのや》が出したものだ。

名前は伏せてあるが、某旗本が江戸市中で酔った大工から、暴言を吐かれたうえに、唾《つば》を吐きかけられた。旗本は大工の相手をせず、すごすごと逃げるように立ち去ったのだった。

「武家は大身《たいしん》の旗本……か。なるほど、情けないな」

京四郎は苦笑した。

武士は町人から無礼を働かれた場合、無礼討《ぶれいう》ちにすることが許されている。

ただし、町人が無礼な振る舞いをしたという、たしかな証言が必要だ。読売によれば、両国西広小路《りょうごくにしひろこうじ》という江戸有数の盛り場で起きた出来事だった。大勢の男女が行き交っており、証言には事欠かないはずだ。

それにもかかわらず、その旗本は逃げ去った。

町人から無礼を働かれた武士が、なにもせずに立ち去れば、武士にあるまじき所業《しょぎょう》だと批難されるのがならいであった。

「あれ、ちょっと待てよ」

京四郎は首を傾《かし》げた。

ここは根津権現《ねづごんげん》の門前に連《つら》なる、武家屋敷の一角にある京四郎の住まいで、母屋の居間である。

母の貴恵が亡くなったのを機に、京四郎が引っ越してきたのは享保十二年（一七二七）の皐月のことだった。早いもので七か月が過ぎ、今日は享保十三年の小正月、すなわち正月十五日の昼さがり、京四郎は二十六歳になっていた。

「どうなさいました」

松子が問い直す。

「昨年の師走《しわす》にも、読んだ覚えがあるぞ。あのときは大番《おおばん》に属する大身旗本が同じように、町人から無礼を働かれながら逃げていったんだったな」

京四郎は読売を松子に返した。

大番は小姓組《こしょうぐみ》、書院番《しょいんばん》、新番《しんばん》、小十人組《こじゅうにんぐみ》とともに、五番《ごばん》と称される将軍直属の軍事組織、しかも、もっとも人数が多くいちばん古い。それゆえ、選ばれた旗本は誇り高く、世間も武士の模範《もはん》と見なしている。

それだけに、武士にあるまじき旗本の読売は、江戸っ子の嘲笑《ちょうしょう》を買った。

松子はうなずき、

「あれは師走の一日の出来事でした。あれから、ひと月半、またしても旗本の醜態ですよ。今回は大番でも五番にも属さない旗本ですがね。天下泰平はよいことですけど、お侍はいざっていうときには強くなくちゃ」

と、肩をすくめた。

二十四歳の年増《としま》、瓜実顔《うりざね》の美人、髪は洗うときのごとくさげたままの、いわゆる洗い髪、白色地に福寿草《ふくじゅそう》を描いた小袖がよく似合っている。小股《こまた》の切れあがったいい女……なのだが、男が色気を感じるような、膝《ひざ》や太股《ふともも》をちらりとも拝むことはできない。

松子は女だてらに、草色の袴《はかま》を穿《は》いているのだ。といって、なにも裾割れを気にしているからではない。このほうが動きやすいからだ。

読売屋は走りまわるのが仕事だ、というのは松子の信条、それを実践するように草履《ぞうり》ではなく男物の雪駄《せった》を履いている。もっとも、紅色の鼻緒《はなお》が、かすかに女らしさを漂わせていた。

松子の言葉には返事をせず、京四郎は居間を出ると、濡《ぬ》れ縁《えん》を横切って庭におりた。松子も続く。

庭には畑が設けてある。生涯にわたって土とともにあった母、貴恵の遺志を受け継いでいるのだ。

貴恵は吉宗の父、紀州藩主の徳川光貞が領内を巡検中に立ち寄った庄屋の娘であった。貴恵は光貞から和歌山城に入るよう勧められたのだが、自分は百姓の娘だから土とともに暮らしたい、と拒《こば》んだ。

いまの将軍吉宗は、少年のころから野山を駆けまわるのが好きで、たびたび貴恵の家を訪ねた。貴恵の子である京四郎とも、よく一緒に釣りや鷹狩《たかが》り、野駆けに興じたのだった。

大人になり江戸にやってきた京四郎を、吉宗は、幕府の重職として迎え入れようとした。もしくは、本人の希望があれば大名へ取り立てることも考えてくれた。

だが京四郎はそれらをすべて拒み、根津権現の空屋敷のみをもらった。

好意を拒絶された形の吉宗だったが、怒るどころか、いかにも義姉上《あねうえ》の倅《せがれ》らしい、とむしろ喜んでくれた。拝領した屋敷も、御家人が暮らしていたとあって三百坪ほどに過ぎない。浪人の住まいには豪華すぎるが、さりとて将軍家の血筋が住むには似つかわしくない。

屋敷を整備するためと、当面の暮らしが立つようにと、吉宗は三百両をくれた。遠慮しようとしたが、亡き義姉上の供養でもある、せめてそれくらいはさせてくれ、と吉宗に説得されて、ありがたく受け取った。

屋敷を整備していると、いつの間にか界隈《かいわい》で、京四郎が公方《くぼう》さまの御落胤《ごらくいん》だという噂が広まった。まったくの出鱈目《でたらめ》ではないものの、正確な話でもない。

否定はしつつ、それでも、何人もの読売屋が押しかけてきた。

そのなかで、松子はネタのためだけでなく、手際よく屋敷の手入れのために職人や商人を手配してくれた。江戸に不慣れであった京四郎にとって、たいそうありがたい申し出であった。

自然と懇意《こんい》となり、松子の読売屋、夢殿屋に持ちこまれるさまざまな相談や事件の解決を手伝うようになった。そして松子は、京四郎の活躍を読売にして、いわばもちつもたれつの関係となったのである。

初春のやわらかな陽光を浴び、京四郎は気持ちよさそうに伸びをした。往来から、削掛売《けずりかけう》りの売り声が聞こえる。

削掛とは、柳《やなぎ》の枝の茎をちりちりの房《ふさ》のように削った縁起物で、正月十五日になると母屋の軒先に吊るす習慣がある。

昨日までは、羽子板《はごいた》の羽根売りや凧《たこ》売りが江戸市中を賑《にぎ》わせていた。

松子が削掛売りに声をかけようとしたところで、

「御免！」

けたたましい声が響きわたった。

「あら、なにかしら」

たちまち松子が反応した。

対して、

「うるさいな」

京四郎は顔をしかめる。

「お頼み申します！」

さらに大きな声が聞こえる。しかも、切迫《せっぱく》した響きだ。松子はちらりと京四郎を見て、うなずいたのを確かめると表門に向かった。

「いま開けますね」

声をかけてから、松子は表門脇の潜《くぐ》り戸の閂《かんぬき》を外してから開けた。

「御免」

声の調子が落とされ、男が入ってきた。

若い侍である。

羽織《はおり》、袴姿ながら着崩れ、血走った目と相まって、いかにも切羽《せっぱ》詰《つ》まった様子である。

若侍は松子を見て、戸惑《とまど》いの表情を浮かべた。女だてらに袴を身に着けているからだろう。それでも、

「かくまってくだされ」

と、頼んできた。

若侍の様子を見て事情を聞こうとしたが、まずは潜り戸を閉め、閂を掛けた。

そこへ、京四郎がやってきた。

片身替わりの小袖を身に着け、華麗に装っている京四郎に、若侍はまたもや戸惑いの表情を浮かべたが、丁寧《ていねい》に一礼し、早口にまくしたてた。

「拙者、御家人の浦田勘太郎《うらたかんたろう》と申します。市中において言いがかりをつけられ、複数と斬りあいになりました。どうか、おかくまいくだされ」

武士のならいとして、複数と斬りあいになった場合、単独の武士は最寄《もよ》りの武家屋敷に駆けこむことができる。また、駆けこまれた武家屋敷は、その武士をかくまうことが求められた。

躊躇《ためら》いもなく、

「承知した」

京四郎は受け入れ、松子は浦田を案内して母屋に向かった。

ほどなくして、

「御免、開門くだされ」

野太い声が聞こえ、表門を叩く音が響いた。

京四郎は潜り戸を開け、外に出る。

四人の侍が立っていて、みな険しい表情で京四郎を見返した。年長で大柄な男が一歩、前に出た。

「貴殿、まことに武士か」

男は京四郎の身形を見て、役者ではないかと疑念を抱いたようだ。

「なるほど、武士に見えぬか……これでも、れっきとした……とは言わないが、武士の端くれだ」

京四郎が返すと、

「我ら、直参旗本大番の者である。わしは組頭、千堂頼母《せんどうたのも》じゃ。いましがた、市中において大番を揶揄《やゆ》する者と、刃傷沙汰《にんじょうざた》に及んだ。相手は卑怯にも遁走《とんそう》し、こちらの屋敷に逃げこんだと思われる。ついては、お引き渡し願いたい」

大番は誇り高き者の集まりであり、組頭の千堂からも、横柄さが感じられた。六尺近い体軀《たいく》と野太い声、さらにはいかつい顔とあって、いかにも高慢極《こうまんきわ》まりない武士に見える。

対して、逃げこんだ若侍は、御目見も許されない小禄《しょうろく》の御家人。生涯、将軍と言葉を交わすどころか、姿を見ることもできない身分である。

徳川将軍家に仕える者同士ではあるが、天と地ほどの身分差があり、その身分差が、千堂頼母の傲慢《ごうまん》さの拠りどころなのだろう。

しかし、京四郎には関係のない話であるし、地位に胡坐《あぐら》をかく輩《やから》は、どうにも好きになれない。

臆《おく》することなく、京四郎は断った。

「そいつはできないな」

「なんじゃと」

不満そうに顔を歪《ゆが》ませると、千堂は三人を見た。

「引き渡せ！」

「無礼者をかくまうか」

「そなたも許さんぞ」

などと、まわりの三人も色めきだった。

それを無視し、京四郎は屋敷に戻ろうとした。

「待て！」

大音声を発した千堂に向き直り、

「大番のあんたらが、武家の定法《じょうほう》を知らんとはな」

京四郎は淡々とした口調で言った。

「駆けこまれたら、かくまわなければならん」

「むろん、それは承知しておる」

「じゃあ、文句はあるまい」

「しかしながら、今回はそれにはあたらないのだ」

千堂は声の調子を落とした。

「そんなことはあるまい。あんたら、四人もいるじゃないか」

京四郎は四人を見まわした。

「いかにも、我らは四人だ。しかしながら、真剣勝負に及んだのはわしのみである。三人は立ち合いだ」

千堂の言葉は、いかにも言いわけめいている。。

「おれは、天下の素浪人、徳田《とくだ》京四郎だ」

まずは、京四郎は名乗った。

世間向けに、京四郎は徳田という名字を名乗っている。徳川ではよけいな詮索《せんさく》を受けたり、はたまた徳川を騙《かた》る胡乱《うろん》な者と見なされてしまうためだ。

千堂の目が戸惑った。

この界隈は、小身旗本の屋敷が軒を連ねている。京四郎もそんな旗本だと思っていたようだが、浪人と告げられて意外な顔つきとなり、さらに高圧的な態度に転じた。

「浪人といえど武士であろう。しからば、武士が刀を抜いたからには、命のやりとりをするのが当然である。勝負を逃げるのは卑怯千万じゃ。駆けこんだ者をここに連れてまいれ……むろん、門前を血で穢《けが》すようなことはせぬ。しかるべき場所で、正々堂々と勝負をいたす所存じゃ」

京四郎は冷笑を浮かべた。

「正々堂々とは笑わせてくれるな。三人は立ち合いと言っているが、助太刀《すけだち》に転じるんじゃないのか。少なくとも、相手からしたら三人を助太刀と見るのは当然だろう」

「大番組頭たるわしの言葉を信じないのか」

「信じないな」

あっさりと京四郎は否定し、三人がざわついた。

「その言葉、聞き捨てにはできぬぞ。畏れ多くも上さまに対する無礼である」

千堂は目を凝《こ》らした。

「おいおい、話をすり替えるなよ。なんで、将軍さんが関係するんだ」

京四郎は苦笑した。

「我ら将軍家を警護する大番である。そのわしの言葉を揶揄するとは、将軍家に対する不忠であろう」

強い口調で、千堂は言いたてた。

「そうか、ようするに、あんたたちは狐《きつね》の威を借りる兎《うさぎ》というわけだな」

からからと京四郎は笑った。

「おのれ」

顔を歪めた千堂の後ろで、

「無礼者」

「浪人風情《ふぜい》がなにを申す」

「浦田ともども、刀の錆《さび》にしてくれよう」

三人もそれぞれ喚《わめ》きたてた。

「あんたら、浦田勘太郎を知っているのか」

不意に京四郎は問いかけた。

三人に代わって、千堂が答える。

「浦田は名乗ったうえで、我ら大番を批判しおったのだ。それゆえ、懲らしめてやろうと思った。素直に詫びれば許してやった。しかし、図に乗りおってますますもって我らを愚弄《ぐろう》しおった。ならば、武士の面目《めんもく》にかけ、刀で決着をつけようとした次第である。じつに明々白々の筋立てじゃ」

「あんたの言い分はわかった。しかしな、物事は一方のみを聞いて判断はできんものさ。だから、浦田にも確かめる。今日のところは帰ってくれ」

「ならば、浦田をここに呼べばよい。浦田の言い分をここで聞いたうえで、勝負いたす」

なおも千堂は、京四郎に詰め寄った。

「しつこいな、あんた。四人がかりで威嚇《いかく》されたら、本音を語れないだろう。さあ、帰った、帰った」

京四郎はからかうように、右手をひらひら振った。千堂はしばらく京四郎を睨《にら》んでいたが、

「よかろう。明日の今時分に再訪いたす。よもやとは思うが、その間、浦田を逃すでないぞ。よいな」

高圧的に釘《くぎ》を刺してから、三人とともに立ち去った。

「まったく……嫌な奴だな」

路傍《ろぼう》の石ころを蹴飛ばして、京四郎は吐き捨てた。

そこに、ようやく安全と思ったか、松子が顔を出した。

ちゃっかりと、京四郎と千堂たちのやりとりを見聞きしていたようだ。

「傲慢な連中でしたね」

松子も不愉快そうに言いたてる。

「将軍の威と、数を頼みにした臆病者だ。弱い犬ほど吠えたがるからな」

京四郎が鼻で笑うと、

「野良犬に吠えかかられて、浦田さまって若いお侍も、とんだ災難というわけですか」

松子は屋敷を振り返った。

「ともかく、浦田からも話を聞く」

京四郎が潜り戸から屋敷の中に足を踏み入れると、

「かたじけのうございます」

頭をさげた浦田が待ちかまえていた。

「浪人相手に、頭なんかさげることはないさ。それより、話を聞かせてくれ」

京四郎は浦田を母屋に導いた。

二

「じつのところ、千堂殿たちとの因縁《いんねん》、今日にかぎったことではございませぬ」

浦田が話しだすと、京四郎は興味を示した。

「ほう、というと」

「常日頃から、千堂殿たちの立ち振る舞いには見過ごせぬものがありましたので、拙者は目安箱に投書をしたのです」

「そこまでするとは、どんな所業なのだ」

京四郎が確かめる。

「千堂殿たちは世のため、将軍家のため、などと称して分限者《ぶげんしゃ》から金をせびり、料理屋で宴会を催《もよお》し、およそ好き放題にやっております。町人を威嚇し、傍若無人《ぼうじゃくぶじん》な振る舞いをしているのです」

千堂たちの横暴は有名で、町奉行所も手出しができないそうだ。

「ああ、そうか、あの人たちね」

松子には心あたりがあるようだ。

「なんだ、知っているのか」

京四郎が問いかけると、

「旗本奴《はたもとやっこ》ですよ」

松子が答えると、浦田は首を縦に振った。

「旗本奴というと、かつての水野十郎左衛門《みずのじゅうろうざえもん》のようなかぶき者の集まりか」

水野十郎左衛門に代表される荒くれ者の旗本たちが、江戸の町を我が者顔で闊歩《かっぽ》していた。

松子の話を受けて、浦田が言い添えた。

「水野十郎左衛門は、大小神祇組《だいしょうじんぎぐみ》を称しました。千堂たちは大小神風組《だいしょうしんぷうぐみ》を名乗っております」

「ずいぶんとおおげさだな」

京四郎は声をあげて笑った。

松子は顔をしかめて、

「ところが、本人たちは大真面目なんですよ。近頃の武士は泰平に慣れてしまって、まるで猫のようにおとなしい、武士本来の猛々《たけだけ》しさをよみがえらせる必要があるのだ……なんて言ってましたっけ。たしか、旗本や公儀のお偉いさんのなかにも、支持する声があると聞きます。それで、よけいに図に乗って」

そんな無責任な声に後押しされ、千堂たちは我が物顔で往来を闊歩し、やりたい放題に振る舞っているのだとか。

「事情はわかった。それで、今日はなぜ千堂たちと諍《いさか》いを起こしたのだ。連中が横暴な振る舞いをしている場に、たまたま遭遇したのか」

京四郎が確かめると、

「拙者、商家から相談を受けたのです」

根岸《ねぎし》にある両替商、千寿屋《せんじゆや》五兵衛《ごへえ》だという。

「五兵衛は、千堂殿たち大小神風組に三百両を貸し付けていたのですが、それを踏み倒されそうになっているのだそうです」

浦田は五兵衛とはかねてより懇意にしており、これまでもさまざまな相談を受けてきたらしい。

「それで、拙者、千寿屋に千堂殿がやってくるのを待っていたのです」

厚かましいことに、千堂はさらに百両を借りたいと言ってきた。

「とことん、傲慢な奴らね」

松子は怒りをあらわにした。

「よっぽど面の皮が厚いと見えるな」

「それで、さすがに拙者も、それはないだろうと。まずは三百両の借財を返済し、しかるのちに追加の百両を借りてはいかがですか、と諫言《かんげん》したのです」

話が正しいのだとすれば、この浦田という男、よほど誠実で親切なのだろう。

「で、千堂はなんだって」

京四郎が問いかけると、浦田は苦笑を浮かべた。

「三百両はかならず返す。いまは百両を借りたい、とおっしゃるばかりでした。あげくに、おまえは関係ないから出ていけ、御家人風情が偉そうにものを申すな、と罵声を浴びせられたのです」

「大番を鼻にかけて、嫌な奴ですね。武士の面汚《つらよご》しですよ」

松子の怒りはおさまらない。

それを冷静に流し、浦田は続けた。

「それでも、ひるまず、拙者は借財の使い道を確かめたのです」

すると千堂は、憤怒《ふんぬ》の形相《ぎょうそう》となった。

「畏れ多くも将軍家に忠義を尽くすために費《つい》やすのだ、御家人ごときが口出しをするでない、と、それはもうすごい剣幕で言いたてるありさまでして」

浦田の話を聞き、

「偉そうなことを言っているけど、ようするに遊ぶための金でしょ。飲んで騒ぐのに使うに決まっているわ」

確信をもって、松子は決めつけた。

浦田も冷ややかに、おそらくはそうでしょう、と賛同する。

さっそく松子は京四郎のほうを向き、頼んできた。

「ねえ、京四郎さま、ちゃちゃっと成敗してくださいよ」

「おいおい、菓子を買いにいくような気軽さで申すな。どうしようもない奴でも、相手は大番頭だぞ」

京四郎が笑いながら答える。

「あら、だって京四郎さまには……」

将軍さまがついているでしょう、という言葉を、松子はかろうじて飲みこんだ。この場で気軽に明かせる話ではないし、そもそも京四郎自身、吉宗の力を借りることを嫌がるのだ。

ふたりの隠れたやりとりには気づかなかったようで、浦田がため息混じりに言った。

「千堂殿たちは、かつての水野十郎左衛門たちのような旗本奴を気取っておりますが、それが旗本、とくに番方の連中に評判がよいのです。泰平の世となって役方の旗本が幅を利かせておりますので、日頃の鬱憤《うっぷん》を大小神風組が晴らしてくれるとでも感じているのでしょう。まったく、歪んだ連中がいるものです」

「では、手出しができないんですか」

悩ましそうな顔で、松子が言った。

「目下《もっか》のところは……」

江戸市中を取り締まるのは、町奉行所である。町奉行所の同心は旗本屋敷に踏みこむことはできないが、江戸市中で旗本が乱暴狼藉《らんぼうろうぜき》を働く現場に遭遇すれば、お縄にすることは可能だ。

ただし、裁きまでは町奉行所ではなく評定所にゆだねられるのだが、それでも、千堂たちを捕縛はできるのだ。

「しかし、町方の同心たちは見て見ぬふりを決めこんでいます。拙者は彼らを責めるつもりはありません。責めるのは酷《こく》ですね」

浦田は言った。

「浦田さま、偉いですわ。本当にたいしたお方ですよ」

諸手をあげて、松子は浦田を賞賛した。そもそも松子は、浦田のような凛《りん》とした若い武士に甘くなるきらいがある。

しかし、浦田は図に乗ることも照れることもなく、泰然自若《たいぜんじじゃく》として、

「人として武士として、当然の振る舞いです。ただ情けないことに、拙者は千堂たち四人を懲らしめるだけの武芸達者ではない、ということです……それが、もっとも肝心な点なのですが」

このときばかりは、浦田も恥じ入るようにうなだれた。

京四郎が、ひたと浦田を見据《みす》える。

「そなた、それほどまでに千堂たちを懲らしめんとするのは、どうしたわけだ。単なる正義感かい。たしかに見たところ、一本気な性質のようだが」

「いえ、拙者とて正義のみによって懲らしめようというのではないのです」

と、ここで言葉を区切ってから、

「学問です」

と、言った。

たちまち松子が反応し、

「そんな卑劣《ひれつ》な輩を懲らしめよ、と教える学問があるのですか」

と、両目を大きく見開いた。

「いや、そうではなく、知行合一《ちこうごういつ》と申して、正しいと考えたことはおこなわなければ意味がない、ということです。唐土《もろこし》の学問で、陽明学《ようめいがく》と申す」

心なしか、浦田は胸を張って言い張った。

「まあ、そんな偉い学問が」

感心しきりの松子をよそに、京四郎が問いかける。

「どこかの学者に学んでいるのか」

「芥川龍斎《あくたがわりゆうさい》先生です」

誇らしそうに、浦田は答えた。

「芥川龍斎……」

首をひねった京四郎に、浦田が言い添える。

「それはもう、学識の深い方で、湯島天神の近くに学問所をかまえていらっしゃいます」

「ほう、門人はどういった連中だ」

「拙者のように、御家人の子弟が多いのですが、ほかに商人も……千寿屋五兵衛殿もそうでございますな」

表情を明るくして、浦田は言った。

「浦田さまのお顔を見ていますと、楽しそうな学問所ですね。あ、楽しいなんて言ってはいけませんね」

松子は、ぜひともこのたびの一件を、学問所の紹介も交えて読売で紹介したい、と言いだして、

「不謹慎《ふきんしん》ですかね」

と、珍しく遠慮の姿勢を示した。

思案するように、浦田は口を閉ざしたあと、

「どうですかな」

「読売に書いてくださるのはありがたいです。芥川先生や学問所には、よい宣伝になるでしょう。ですが、いま拙者の置かれた立場を考えますと、浮《うわ》ついている場合ではありませぬ。明日、拙者は正々堂々と、千堂殿らと立ち合います。たとえ屍《しかばね》をさらそうと、悔いはありませぬ」

みずからの決意を示すように、浦田は眦《まなじり》を決した。

決死の覚悟を示した浦田を見て、

「京四郎さま……」

松子が訴えかけた。

「なんだよ」

わざと京四郎はとぼけた。

「そんな、もう……」

焦《じ》れったそうに、松子は身をよじる。

「わかった、わかっているさ。助太刀をすればいいんだろう」

苦笑を浮かべて京四郎が返すと、そうこなくちゃ、と松子は途端《とたん》に笑顔を弾《はじ》けさせ、

「あたしも及ばずながら、千堂や大小神風組の悪行を書きたてますよ」

と、浦田を見た。

喜ぶかと思いきや、浦田は複雑な顔つきとなった。

「なにかご不満でしょうか」

松子の問いに、答えづらそうに浦田は口ごもった。言葉を選んでいるような浦田の気持ちを、京四郎が代弁した。

「松子が読売の記事にするころには、浦田さんと千堂の勝負は終わっているんだぞ。千堂は明日来ると言い置いていったじゃないか」

京四郎に指摘され、

「ああ、そうか……」

しまった、と天を仰いだのも束の間のことで、

「それでもいいですよ。いえ、そのほうがいいですよ。浦田さまが千堂を打ち負かしたら、浦田さまが旗本奴を退治した英傑として、おおいに称《たた》えられますからね。で、千堂たちの悪行を書きたててやります」

「まったく、商魂たくましいな」

京四郎は呆れたように言った。

「お褒めの言葉と受け止めておきますね」

ぬけぬけと松子は言いきる。

浦田はどう反応していいかわからないようで、きょとんとしていた。

「だが、もし千堂が勝ったらどうするんだ」

にやりとした京四郎が、意地の悪い問いかけをした。

「そりゃ……そのときは浦田さまは悲劇の英傑だって、勇を奮《ふる》って悪漢に挑《いど》み、非業《ひごう》の最期を遂げたって……ちょいと、京四郎さま、不吉なことおっしゃらないでくださいよ。京四郎さまが助太刀するんですから、負けるわけないじゃありま

せんか」

松子は頰を膨《ふく》らませた。

「ああ、そうだ。肝心な取り決めを忘れていたな」

ふと、京四郎が言葉を発する。よほどの重大事だろうと察した浦田が、背筋をぴいんと伸ばした。

「謝礼だ」

京四郎が言うと、

「京四郎さま、今回ばかりは……」

松子が口をはさもうとしたが、

「謝礼は受け取る。それがおれの信条だ」

譲れないとばかりに、強い口調で言いたてた。

「それはごもっともなお話。それで、いかほど必要でしょうか。大金は用立てできませぬが、両替商、千寿屋に頼み……十両……いえ、二十……三十両ほどでしたら、なんとかお支払いいたしますが……」

おずおずと浦田は答えた。

京四郎は笑みを浮かべ、右手を左右に振って告げた。

「銭金は要らない。その代わり、なにか美味い物を食わせてくれ。値の張る料理じゃなくてもいい。いや、高級料理屋での接待はまっぴら御免だ。気軽に暖簾《のれん》をくぐることができる店がいいな。もしくは、あんたの手製の料理だ」

　すると、浦田はぽかんとなったが、

「そうですな……拙者、料理は不得手ですが……」

　大真面目な顔で考えこんだ。

　助け舟を出すように、松子が割りこむ。

「京四郎さまは、案外と甘い物がお好きなのですよ。ですから、人形焼《にんぎょうや》きとかお饅頭《まんじゅう》でも……」

　しかし浦田は、松子の提案をおいそれとは受けず、なおも考え続けた。

「ここはぜひとも、拙者の手でお作りしなければ気が済みませぬ。あの……粥《かゆ》では……芋《いも》粥なのですが」

　芋粥という言葉を口にすると、浦田は元気になった。

「芋粥は、母の好物なのです。絶品の味わいとは言えませんが、拙者がいちばん好きな食べ物といえば、間違いなく母の好きな芋粥です」

　浦田は父を三年前に病で亡くし、母親とふたりで暮らしているという。

話を聞いた京四郎はにこりとして、

「そういうことであれば、ぜひ馳走《ちそう》にあずかろう。楽しみだ」

たちまち上機嫌になった。

はっとするような美味さは期待できないだろうが、むしろ素朴《そぼく》な味わいを賞味できそうだ。まさしく、浦田勘太郎の人柄を物語るような料理で、またとない謝礼かもしれない。

三

その日、浦田は京四郎の屋敷に泊まった。

お礼にと言って、畑仕事や屋敷内の掃除、薪割《まきわ》りなど、熱心に働いた。

泥にまみれるのを厭《いと》わず、雑草をむしったり、畑を耕したり、母屋の濡れ縁をぴかぴかに磨《みが》きたてた。

そればかりか、みずから朝餉《あさげ》も用意してくれた。

米を炊き、棒手振《ぼてふ》りから買い求めた鰯《いわし》を焼き、屋敷の畑で採れた大根と小松菜《こまつな》の味噌汁《みそしる》まで出てきた。

箱膳《はこぜん》に飯と鰯の塩焼き、味噌汁を載せる。炊きたての白米が白く光り、鰯も脂が乗っていた。

ただ、味噌汁ばかりは、

「すみません、このような見苦しい具になってしまいまして」

と、浦田が詫びたように、切り刻んだ大根と小松菜はいかにも不格好であった。

「なに、かまわないさ。料理屋に来ているわけじゃないんだ」

気さくに返し、京四郎は味噌汁をすすった。

味は悪くない。大根もやや固めではあるが、気にするほどではなかった。

「こんな包丁使いですから、剣のほうもさっぱりなのです」

浦田は自嘲気味な笑みを浮かべた。

やがて予告どおり、千堂は昼九つにやってきた。

額《ひたい》に鉢金《はちがね》を施《ほどこ》し、小袖に裁着《たっつ》け袴、襷《たすき》を掛けていた。昨日来た他の三人も、同じ身形である。

「いかにも、やる気満々だな」

せせら笑うように、京四郎は言った。

浦田は紺《こん》の道着《どうぎ》を身に着け、手には木刀《ぼくとう》を持っている。

それは京四郎の指示だった。

京四郎も華麗な片身替わりの小袖ではなく、浦田と同じく道着に木刀であった。

「浪人、助太刀か」

蔑《さげす》みの目で千堂は言った。

「悪いか」

胸を張る京四郎を、

「かまわぬぞ」

余裕綽々《よゆうしやくしやく》で千堂は受け入れた。

「三人は、あんたの助っ人になるんだな」

京四郎も三人を見まわす。

「いや、三人の手を借りるまでもない。彼らはあくまでも立ちあいだ」

「そうかい。強がっているんだな。じき、三人に手助けを求めるさ」

京四郎が笑うと、途端《とたん》に千堂はいきりたった。

「馬鹿なことを申すな」

「おっと、怒るのは勝負のあとにしたほうがいい。冷静さを欠いたら負けるぜ」

京四郎は冷然と言い放った。

ふと、千堂が不満そうに言い放つ。

「そもそも、そなたらの格好を見るに、なにか勘違いをしておるのではないか。これは、剣術の稽古ではないぞ」

「いやいや、真剣で勝負をすることはあるまい」

「臆したのか」

小馬鹿にしたように、千堂は冷笑を放った。

目をむいた浦田を制して、京四郎が答える。

「命を奪いあわずともよかろう」

「だから、命が惜しいのだろうと申しておるのだ。腰抜けめが」

千堂は蔑みの言葉を重ねた。

「命が惜しいのはあたりまえだ。あんたのような横柄な男と勝負して、万が一にでも命を落としたのでは、まさに犬死《いぬじに》だからな。まっぴら御免さ」

当然のように、京四郎は堂々と言いたてた。

「ふん、情けない奴め。さすがに御家人と浪人だな」

千堂の言葉に続き、まわりの三人も哄笑を放った。

「武士たる者、命を惜しむものではないのだ。命乞いをする者は武士ではない」

ここぞとばかりに、千堂はあげつらった。

だが、京四郎は平然としている。

「そういう奴こそ、いざとなったら命が惜しくなるものだ。なにがなんでも真剣を使いたいのなら、いいさ、使えばいい。よし、浦田さんは木刀だが、おれは真剣で相手になってやる」

京四郎は木刀を地べたに置き、樫の木に立てかけてあった大刀を腰に差した。

それを見て千堂は、余裕を示すように不敵な笑みを浮かべた。

涼しい顔で、京四郎は言い放つ。

「御家人や浪人に負けたとあれば、あんたは面目《めんもく》を失うぞ。誇り高き大番が素浪人と御家人に敗れたら、それこそ、武士ではおれまい。少なくとも、大小神風組は解散だな」

「なるほど、そういう魂胆《こんたん》か……」

警戒心を抱いたのか、千堂の顔つきが変わった。表情が引きしまり、口をへの字に引き結ぶ。それにともない、三人も表情を強張《こわば》らせた。

「さて、やるか」

まるでどこかへ出かけるような気軽さで、京四郎は浦田に声をかけた。

「ここでよいのか」

千堂は言った。

「かまわぬぞ」

退屈そうに京四郎は応じる。

そこへ、

「お邪魔しますね」

松子が割って入ってきた。

「なんだ、おまえ」

「読売屋でござ〜い」

怪訝《けげん》そうな千堂に向けて、明るい声音で松子は告げた。

「読売屋風情が、なにをしに来た」

不快感に満ちた声音と顔つきで、千堂は言いたてる。

「読売屋の役割といえば、大事件を取材して広く知らしめることですよ」

あまりにもあっけらかんとした松子の応対に、千堂たちはきょとんとなった。

次いで、

「遊びではないぞ。武士が命を懸けた勝負なのだ！」

すごい剣幕で、千堂が吠える。

「わかっていますよ。だから、あたしも真剣勝負のつもりで立ちあうんじゃありませんか。しっかりと、勝負の行方を見届けますからね」

松子は矢立《やだて》から筆を取り、腰にぶらさげた帳面に筆を走らせる。

千堂は三人を見やり、

「目障《めざわ》りだ。つまみだせ」

と、顎《あご》をしゃくった。

三人が松子に向かうと、

「おや、自信がないのかい」

制するように京四郎が、からかいの言葉をかける。

「なにを」

千堂が睨み、三人も不満そうに立ち止まった。

松子が、ここぞとばかりに言いたてた。

「さては、負けたって書かれるのを恐れているんですかね」

「無礼な」

わなわなと震えだす千堂に、松子が明るく言い放つ。

「では、そうじゃないってところ、見せてくださいな」

「よし」

ようやくのこと、千堂は抜刀した。

浦田も木刀を大上段に構える。

大小神風組の三人は身構え、いつでも助太刀できる体勢となった。

「おお！」

浦田は気合いとともに、千堂に斬りこんだ。千堂は大刀を横に一閃させた。

浦田はかろうじて木刀で受け止めたが、大きく後退した。

「どうした」

まるで、猫《ねこ》が鼠《ねずみ》を弄《もてあそ》ぶようだ。木刀と太刀の違いに加え、両者にあきらかな技量の違いがあった。

そこへ京四郎が駆けこんだ。

「浪人、助太刀か」

蔑みの笑みを浮かべ、千堂は京四郎に向いた。それが合図であるかのように、三人が抜刀する。

「そうこなくちゃな」

余裕の笑みを浮かべて京四郎も大刀を抜き、浦田を背後にさがらせた。

ただの刀ではない。かと言って、銘刀《めいとう》とも業物《わざもの》とも呼べなかった。

妖刀村正《ようとうむらまさ》……。

その二《ふた》つ名が示すように、不吉で呪われた刀だ。

徳川家康《いえやす》の祖父・松平清康《まつだいらきよやす》殺害に使用され、父の広忠《ひろただ》もこの刀によって手傷を負わされた。そして、家康自身も村正の鑓《やり》で怪我をし、嫡男・信康《のぶやす》自刃の際に介錯《かいしゃく》に使われたのも村正であった。

さらには、大坂《おおさか》の陣《じん》で家康を窮地《きゅうち》に追いこんだ真田《さなだ》幸村《ゆきむら》も、村正の大小を所持していたのだ。

徳川家に禍《わざわい》をもたらす妖刀を、京四郎は八代将軍吉宗から下賜《かし》された。

仕官の勧めを断った京四郎は、代わりに江戸に住まいを得たのであったが、その際、吉宗は、徳川の血筋である証に刀を与えると言った。

望みの刀を問われ、京四郎が所望したのが村正だった。もちろん、さすがの吉宗も村正の伝承を鑑《かんが》みて躊躇《ためら》ったが、徳川家に災いをもたらした村正に打ち勝ってみせます、という京四郎の返答を気に入り、授《さず》けてくれたのだった。

「おい、あんたたちだって、斬られたくはなかろう。千堂に義理を立てることはないぜ」

京四郎は三人に語りかけた。

「浪人がなにを申すか」

「貴様こそ、刀の錆になりたくなかったら逃げてゆけ」

「我らより自分の身を心配するんだな」

などと、三人は千堂への義理と言うより己の技量を過信しているのか、京四郎を見くだしているようだった。

「もう一度、忠告してやる。この刀は妖刀村正だ。斬り結べば、災いが降りかかるぞ」

京四郎は村正を大上段に構えた。

「我らは将軍家をお守りする大番じゃ。徳川家に災いをもたらす妖刀なれば、退治のし甲斐があるというもの」

千堂が粋がると、賛同するように三人は哄笑を放った。

「ままよ、傲慢な旗本奴どもに、つける薬はないな」

京四郎は冷笑を顔に貼りつかせた。

ときおり見せる、空虚《くうきょ》で乾《かわ》いた笑みである。

大上段に振りかぶった村正を、下段に構え直した。

徳川家を呪った妖気が、千堂たちを威圧する。

気圧《けお》されるように四人は息を呑んだが、千堂は、

「いざ！」

という気合いとともに、京四郎目がけて斬りこんだ。

ところが、京四郎との間合いが三間に詰まったところで、足が止まった。

それでも、

「とお！」

大音声で白刃を一閃させる。

しかし、切っ先すら京四郎には届かない。

それを見て三人も同時に殺到したものの、千堂同様、三間の間合いから踏みこめない。

四人は村正の妖気を感じ取り、浮き足だった。大刀を振りまわすが腰が引け、目は泳いでいる。

「旗本奴、いや、馬鹿奴の貴殿らにお目にかけよう、秘剣雷落《ひけんいかずちお》とし」

京四郎は乾いた口調で語りかけた。言葉遣いが丁寧になったが、けっして媚《こ》びているわけではなく、凜とした武家口調である。

京四郎は下段に構えた村正の切っ先を、大上段に向かって摺《す》りあげはじめた。

すると、分厚い雲が日輪を覆《おお》い、あたり一面が闇と化した……ように千堂たちには感じられた。足がすくんで動けない。

暗闇のなか、村正の刀身が妖艶《ようえん》な光を発し、やがて大上段の構えで止まった。

「ひえ～！」

四人は恐怖に駆られながらも、大刀を手にしゃにむに突進してきた。

夜空を切り裂くように、稲妻が奔《はし》る。

同時に村正が四度、横一閃にされた。

四人は悲鳴をあげながら尻餅《しりもち》をついた。

闇夜が晴れ、日輪が降りそそぐ。

「な、なんだ」

千堂をはじめ、大小神風組の連中はお互いに顔を見あわせ、次いでそろって頭に手をやり、髷がないことに気づいた。

「ひえ～」

千堂は頭を両手で抱えながら、屋敷から逃げだしていった。

「ははははっ」

京四郎は高笑いを見せた。

松子も腹を抱えて笑いつつも、

「あら、あたしとしたことがはしたない」

と、自分をおさえる。

浦田ひとりが、きょとんとしていた。

「どうなさったの、浦田さま。千堂たちを退治なさったじゃありませんか」

松子は言ったが、

「いや、拙者は……」

まだ事態が呑みこめないようで、半信半疑の様子である。それでも、地べたに落ちた四つの髷を見るに及んで、

「徳田殿、かたじけない。まこと、なにからなにまで徳田殿のおかげでございます」

と、礼を述べたてたが、なおも京四郎への感謝の念が募ったようで、

「徳田先生」

しまいには両手をついた。

「おいおい、やめろよ」

「先生、まことありがとうございます。なんと礼を申せばよいか……この不出来な男のためによくぞ、助太刀……いえ、拙者に代わって千堂らを退治してくださいました」

浦田は感激の面持ちだ。

「それくらいにしてくれ」

さすがに照れくさくなった京四郎は、松子のほうに向き直った。

「ど派手《はで》に書きたててくれよ。浦田勘太郎、暴虐の徒、大小神風組を成敗する。まさしく鬼神のごとき大活躍ぶりだった、とな」

「お任せください」

松子は胸を張った。

「ちょっと待ってくだされ。拙者はなにもしておりませぬ。すべては徳田京四郎殿がなさったのです。民を欺《あざむ》くことはできません」

いかにも生真面目な浦田らしく、言いたてた。

困り顔の松子に代わって、

「読売っていうのはな、事実を伝えるのと同時に、読み手を喜ばせなきゃいけねえんだよ。あんたみたいな御家人が、大番だって威張り散らしていた千堂たちをやっつける姿にこそ、庶民は快哉をあげ、溜飲《りゅういん》をさげるってなもんだよ」

京四郎は言った。

「はあ……」

浦田はそれでも迷う風である。

「浦田さまは、本当に真面目なんですから。でも、そういう浦田さまですからこそ、京四郎さまも助太刀してくださったのですよ」

松子の言葉で、ようやく浦田の表情がやわらいだ。

そこで京四郎が笑った。

「それから、先生は勘弁してくれ。尻がこそばゆくてかなわん」

「ですが……」

またも浦田が申しわけなさそうに返すと、

「それに、先生なんて呼ばれて、あんたの師匠に失礼になってはいかんからな」

「そうだ、浦田さま。なんとかって偉い学者先生もお喜びになりますよ。ち、ち、ち……なんでしたっけ」

松子が惑っていると、

「知行合一、です」

と、浦田は言った。

「そうでした。その、知行合一を見事に果たしたのですから、きっとお喜びになるはずですって」

「そうであればよいのですが。しかし芥川先生は、拙者が武芸はからっきしなのをご存じですから、きっと不審がられるでしょう。民はまだしも、芥川先生を欺くわけにはまいりません」

ふたたび浦田は悩ましげな顔になった。

「でもですよ、窮鼠《きゅうそ》猫を嚙む、ということもありますよ。ねえ、京四郎さま」

説得に自信がないのか、松子は京四郎に同意を求めた。

「下手《へた》な小細工はしないほうがいい。お師匠さんには正直に話すんだな」

あっさりと京四郎は言った。

「そうですね、たしかにそれのほうがいいわ」

舌の根も乾《かわ》かないうちに前言《ぜんげん》をひるがえすのは、松子の得意技である。

「わかりました」

心が決まったようで、浦田の表情は明るくなった。

四

夢殿屋の読売は、大変な評判を呼んだ。

まさしく、御家人浦田勘太郎は一代の英傑になった。夢殿屋の読売と言えば、天下無敵の素浪人・徳田京四郎の活躍を伝えてきたが、ここにきてもうひとりの人気者を得たと、松子は大喜びである。

千堂たち大小神風組退治にあたっては、徳田京四郎の影をちらつかせてはいるものの、京四郎自身の希望によって控えめな登場の仕方に留《とど》めてあった。


二十日の昼さがり、京四郎は、湯島天神の近くにある芥川龍斎の学問所を訪れた。黒板塀に囲まれた百坪ほどの敷地には、母屋と物置小屋が建っているだけで、質素な屋敷である。

木戸門に掲げられた、「芥川龍斎学問指南所」の看板は文字がかすれていた。

母屋の屋根は、ところどころ瓦がはがれている。庭には畑があり、青物が栽培されていた。おそらく、浦田が農作業をしているのだろう。

木戸門から母屋の玄関まで、行列が出来ている。浦田勘太郎の活躍を知った者たちが、入門するために訪れているようだ。入門希望者とは別に、野次馬と思《おぼ》しき連中も、木戸門から中をのぞいている。

こんなところにも、読売の効能が現れていた。

質素……いや、はっきり言ってみすぼらしい学問所は、近いうちに見違えるように立派な建物になるだろう。

「すごいな」

思わず京四郎はつぶやいた。

門人らしき男数人が、野次馬を遠ざけている。

「芝居《しばい》小屋や見世物《みせもの》小屋ではないぞ。ここは、学問所である」

門人たちは、地味な木綿《もめん》の小袖と、よれた袴という身形からして、浦田が言っていたように御家人だろう。対して、入門希望者は、値の張りそうな羽織、袴姿の者が多く、旗本の子弟たちと推測できた。

華麗な片身替わりの小袖の京四郎を見て、

「野次馬は勘弁願いたい」

門人から拒絶をされたが、

「これは、徳田殿」

ちょうどよいところで、浦田が通りかかった。

「たいした評判じゃないか」

「いや、まあ」

浦田は曖昧《あいまい》に口ごもり、

「こちらにいらしてください。芥川先生にお引きあわせいたします」

と、案内に立った。

そこへ、松子も駆けつけてきた。風呂敷包みを抱えている。土産《みやげ》の菓子だと言って、松子は門人たちに手渡していた。


学問所の書斎で、京四郎と松子は芥川と対面した。

老齢の学者を想像していたが、意外にも若い。歳のころ、三十前後であろうか。京四郎と同じく月代を剃らずに髷を結う、いわゆる儒者髷である。鼻筋が通り、学者というよりは役者のような男ぶりであった。

それでいて、黒の十徳《じっとく》がよく似合っている。目元も涼《すず》やかであり、いかにも颯《さっ》爽《そう》とした学者であった。

「徳田殿、本来であれば、こちらから礼にうかがわねばならなかったのですが、わざわざのお越し、痛み入ります」

やわらかな物腰で、芥川はお辞儀をした。

「なに、気にしなさんな。連日、門人希望者が押しかけているんだろ。多忙なんだから、おれを気遣うことはないさ」

「そう、おっしゃってくださると、気が楽になります」

慇懃《いんぎん》に芥川は返した。

「陽明学を教授しているんだってな」

「教授などと、とんでもないことです。わたしも陽明学の学徒に過ぎませぬ」

謙遜《けんそん》ではあろうが、芥川から発せられると不自然さはない。広間から、熱い議論の様子が聞こえてくる。

「こりゃ、邪魔したな。どうやら学問を妨《さまた》げてしまったようだ」

京四郎が気遣うと、芥川はやんわりと答えた。

「いえいえ、かまいませぬ。講義は門人たちがおこなっておりますゆえ」

するとそこで、浦田が口をはさんだ。

「芥川先生の方針としまして、門人の自主性に任せておられるのです。学問は上から与えられるものではなく、みずからが前向きに学びにゆく、といった姿勢です」

「なるほど、それは、たいしたものですわ」

声を弾ませた松子に、芥川は静かに微笑んでみせる。

「知行合一、いわば、すべてが自分のおこないです。考えているだけでは、おこなわないのと同じ。自分の頭の中でのみ考えを固めるのではなく、意見の異なる者と遠慮会釈《えんりよえしやく》なく議論を戦わせることが重要なのです」

「なるほどね」

どうせ理解してないだろう松子が、訳知り顔でうなずく。

「松子殿も入門なさったらどうですか」

浦田に勧められ、

「いいえ、あたしなんか学問など学べませんよ」

あわてて松子は、強く首を左右に振った。

「誰にも門戸を開けておりますぞ」

「遠慮しときます」

浦田も本気ではなかったようで、それ以上は勧めなかった。

五

それからも浦田勘太郎と芥川龍斎の学問所は、さらなる評判を呼んだ。入門希望者が殺到し、門前市《もんぜんいち》を成《な》すありさまだとか。浦田と芥川を取り扱った夢殿屋の読売や草双紙《くさぞうし》、錦絵《にしきえ》の売上も順調で、松子はたいそう喜んでいる。

二十三日の昼、京四郎は池之端《いけのはた》にある夢殿屋に顔を出した。

「いらっしゃいまし」

笑顔の松子に迎えられる。

小上がりになった二十畳ばかりの店内には、読売のほか、草双紙や錦絵が並べられている。また、吉原《よしわら》の案内書である、「吉原細見《さいけん》」も、最新版と銘打って売りだされていた。

夢殿屋の屋号は、聖徳太子《しょうとくたいし》が寝泊まりをした法隆寺《ほうりゅうじ》の夢殿にちなんで付けられた。一度に十人以上の訴えを聞いた聖徳太子にあやかり、常に十件以上のネタが集まるよう、松子は奮闘している。

「浦田さまが、約束の芋粥を届けてくれましたよ」

松子はにこやかに言った。

さっそく食べてみようと、店の奥にある居間に入り、土鍋から椀《わん》に松子が芋粥をよそって京四郎の前に置く。

「さて、どうかな」

京四郎は椀を持ちあげた。

やわらかく煮た白米に、千切りにされた長芋《ながいも》と刻み葱《ねぎ》が混ぜあわせてある。おろし生姜《しょうが》は、好みに応じて入れるとのことだった。

まずは入れないで食すことにした。

ほんのりと立ちのぼる湯気に、出汁《だし》の香が混じり、食欲をそそる。

ふうふうと息を吐きかけながら、ひと口食べた。

やわらかな白米にとろみが加わり、長芋のしゃきしゃきとした食感が心地よい。じんわりと、出汁の深みが口中に広がる。

松子も食べはじめ、

「美味しいわ」

感嘆の声をあげた。

満面の笑みで箸《はし》を動かし続け、あっと言う間にたいらげてお替わりをよそった。

京四郎も食べ終え、

「お替わり、なさるでしょう」

と、松子が空の椀を受け取ろうとした。

「いや、十分だ」

「あら……お腹が空いていらっしゃらないんですか」

松子が首を傾げると、そっけなく京四郎が返す。

「まあな」

「もしかして、お口に合いませんでしたか」

「いや、美味かった」

短く京四郎は答えた。

「なんだか浮かない顔ですね。ひょっとして具合が悪いのですか」

「そうではない」

「どうなさったんですよ」

なおも不満そうに、松子は言いたてる。

「……どうもな」

京四郎らしからぬ、はっきりとしない態度である。

ややあって、京四郎はおもむろに語りはじめた。

「美味すぎるんだよ」

「はあ……それなら、もっと召しあがればよろしいじゃありませんか」

松子は右手を差しだし、ふたたび京四郎の椀を受け取ろうとした。それでも京四郎はお替わりを求めることなく、

「美味すぎるというのはな、これは素人《しろうと》の料理ではないということだ」

松子は土鍋に入っている芋粥を見てから、京四郎に視線を戻し、

「これ、浦田さまが作ったのではない、とおっしゃるのですか」

「そうだ」

「どうして……いちばん好きな料理だっておっしゃっていましたよね。お母さまの大好物だって。ああ、そうだ。きっと、京四郎さまに美味しい芋粥を召しあがっていただこうと、どこかの料理屋に頼んだんですよ」

松子は好意的に受け止めたが、京四郎は違った。

「それでは約定を違《たが》えたことになるな」

「それは……そうなるかもしれませんけど……でも、悪意あってのことではない

でしょう。それに、これ、浦田さまがお作りになったのかもしれませんよ」

松子は浦田をかばった。

「いや、これは料理人の手による芋粥だ。料理人でないにしても、浦田の手ではない。土鍋の長芋を見ろ」

京四郎の指摘に、松子は視線を向ける。

「きれいに切ってありますね」

「見事な包丁使いだ。一本一本が同じ細さ、長さに切りそろえてある。このおかげで、やわらかな飯にうまく合うんだ。だがな、浦田にこんな包丁さばきの技量はない」

京四郎は屋敷で、浦田が朝餉の支度をしたときの様子を話した。

「味噌汁の具は、ばらばらだった。それが、浦田の素朴な人柄を物語っているようで、かえって好感を抱いたものだ」

「まあでも、悪気があったのではないと思いますけどね」

松子の繰り返しの言葉に、思わず京四郎は苦笑した。

そこへ、

「頼もう」

店から大きな声が聞こえた。

松子が腰を浮かしたところで、奉公人が入ってくる。

「大変ですよ。千堂さまがいらっしゃいましたよ」

奉公人は千堂頼母の来訪を告げた。

「あら……」

「四人組か」

京四郎が確かめると、奉公人は千堂ひとりだと答えた。

「きっと、文句をつけにきたんですよ。お店で暴れられたら大変」

松子はすがるような目を、京四郎に向けた。

「通してくれ」

京四郎の言葉を受け、奉公人は松子に視線を向ける。松子は黙ってうなずいた。

奉公人は店に戻り、ほどなくして千堂が姿を見せた。

京四郎に髷を切り落とされたとあってか、宗匠頭巾《そうしょうずきん》を被っている。千堂は京四郎の前に正座をすると、頭巾を脱いだ。青々とした月代とざんばら髪が、異様な形相を際立《きわだ》たせている。

「徳田さま、大変に失礼いたしました」

意外なことに、千堂はこれまでの横柄さとは打って変わった殊勝《しゅしょう》な態度で、両手をついた。

「なんだ、藪から棒に」

千堂は顔をあげ、訴えかける。

「知らなかったとは申せ、あなたさまが将軍家のお血筋とは……無礼千万な態度、心よりお詫びを申しあげます」

「詫びは受け入れるが、おれが何者であろうと関係ない。将軍の血筋だろうが浪人だろうが、傲慢な態度に出られたら懲らしめてやるだけだ」

そっけなく京四郎は言った。

「ごもっともでござります」

すっかり恐縮して、千堂は返した。

「で、おれが将軍家に連なる者と知って、あわてて詫びを入れきたのか」

もはや京四郎は、すっかりと不快な表情だった。

「それだけではありませぬ」

早口に千堂は言いたてた。

「なんだ」

「奇妙なのです」

意外な台詞《せりふ》を千堂は吐いた。

「なにがだ」

問いかけながらも、京四郎自身、心あたりがあった。

「浦田勘太郎についてです。あの者、いかにも正義漢ぶって我ら大小神風組の所業をあげつらったのですが……どうも、それがしっくりときませぬ」

首をひねる千堂に、

「くわしく申せ」

京四郎は言った。

千堂は居住まいを正し、

「なんだか、仕組んでいたような気がするんですよ。つまり、我らを罵倒したときからです。なにせ、いきなりだったものですから」

たしかに千堂たちは悪評を重ねていたのだが、最初に騒ぎを起こした日は、とりたてて悪さもせず、あくまで自主的に町廻りをしていたという。

「自分で申すのもなんですが、我らは町廻りはちゃんとしておったのです。他のやくざ者などの無法者が入りこんでないか、目を光らせておりまして」

千堂の申し開きに、

「あら、嘘」

松子は思わず言ってから、あわてて口を両手で塞《ふさ》いだ。

千堂は非難することなく、かえって恐縮した。

「疑うのも無理はないな」

「ごめんなさい」

あまりの意外な反応に、思わず松子も謝ってしまった。

だが、京四郎は呆れたような笑みを浮かべて、

「なにも町の平穏を守っていたわけではあるまい。ほかの悪党が入りこんできたら、損をするのはおぬしらだからな。それを警戒していたのであろう」

「はあ、まあそれはそうなのですが……そもそも我ら、悪ぶっておっただけなのです」

消え入りそうな声で、千堂は言った。

「ほほう。それで」

京四郎がおかしそうに続きをうながす。

六

そもそも千堂たちは、泰平の世にあっての番方旗本の役割を、仲間たちと連日にわたって話しあったのだという。

だが、元来が荒れくれ者ばかりとあって、よい知恵が出るはずもなく、そのうちに誰言うともなく、寛永のころの旗本奴の話になったのだそうだ。

「深くは考えない者たちばかりでして、水野十郎左衛門の話題が出たときに、そうだ、大小神祇組を我らでよみがえらせようではないか、とみなで盛りあがったのです」

「いかにも馬鹿だな」

京四郎は鼻で笑った。

「お恥ずかしいかぎりです。というのも、そのとき我らがいちばん問題に感じていたのが、武士の軟弱さでした」

千堂は松子を見て、

「読売屋のおぬしであれば、思いあたるだろう」

と、問いかけた。

松子はこくりとうなずき、

「すごすごと逃げだした、大番の某旗本さまですね」

昨年の師走、夢殿屋で記事にした一件を持ちだした。

「まことと、同じ役職でありながら、武士の風上にも置けぬ軟弱者。どうにかせねばならぬ、と我らの考えは一致しました」

「それで、寛永の旗本奴を演じようと考えたのか」

「そうです。まず、武士らしい猛々《たけだけ》しさを示さねばならぬ、と思いました。武士は町人から舐められてはならない、むしろ、畏れられなければならない、というさか勘違いをしてしまったのです」

千堂が返すと、

「まったくだ。武士らしさと威張り散らすことは、違うだろう」

京四郎は言った。

「まさしく」

うなだれた千堂に、京四郎が問いかける。

「それで、あんたが浦田勘太郎に抱いた奇妙な思いとはなんだ」

京四郎は話を戻した。

「あの者は、我らが不忍池《しのばずのいけ》の畔を散策しておったとき、言いがかりをかけてきたのです」

いきなり浦田は現れると、名乗りをあげて千堂たちを糾弾したという。

「あら、両替商の千寿屋さんから借りた三百両を踏み倒したうえに、さらに百両の追加借財を要求なさったんでしょう。浦田さまはそのことに憤りを感じて、千寿屋さんで待ちかまえていたと聞きましたよ」

千堂は松子を見返し、苦々しげに主張した。

「たしかに三百両を借りた。しかし、それは来年の蔵米を受け取った際に、返済する予定で、そのことは千寿屋も了承済みであった。百両を追加で借りようとしたのも事実であるが、踏み倒そうとしたのではない。しかもあの日、浦田が姿を見せたのは千寿屋ではなく、不忍池であった」

果たして、どちらが嘘をついているのだろうか。

ふと松子は、読売屋の真骨頂《しんこっちょう》とばかりに、本音を聞きだそうと踏みこんだ。

「立ち入ったことをお訊きしますが、そのお金は、なににお使いになったのですか。遊ぶためのお金ではないのですか」

「むろん、宴を張ったりもしたが、主なる使い道は身形を調えるためだ。旗本とはいえ、裕福な家ばかりではない。仲間内の、そうした者たちのために、金を融通してやるのだ」

金を借りること自体が困難な武家もある。たとえ借りられたとしても高利で、とても返済はできそうにない。そこで、ある程度の信用がある大番頭の千堂が借り、そうした旗本たちに金を貸し付けていたのだそうだ。

「話が違うわ」

松子は素《す》っ頓狂《とんきょう》な声をあげた。浦田を信じたい気持ちはあるのだろうが、いまの千堂を見て、どちらが本当なのか迷いが生じたらしい。

「武士に二言はないな」

京四郎が目を凝らして、千堂に問いかける。

千堂は胸を張り、

「嘘ではありませぬ」

と、眦《まなじり》を決した。

松子は不安の影にさらされ、どう判断していいのかわからない様子である。

「浦田は我らを一方的に糾弾したばかりか、真剣勝負を挑んできたのです」

真剣勝負を挑まれたからには、応じなければならない。

「そこで勝負に応じたところ、浦田は踵《きびす》を返して逃げだしました。当然、捨て置くわけにはいかず、我らは追いかけました。すると、浦田は徳田殿の屋敷に駆けこんだのです」

怒りをおさえながら、千堂は述べたてた。

「途中、武家屋敷はさまざまあったのに、おれの屋敷に一目散《いちもくさん》に駆けこんだのだな」

「そのとおりです。わしはてっきり、徳田さまが浦田と懇意にしておられると思ったのですが、話を聞いてみるとどうも違うご様子。あのときわしは、すっかりと混乱いたしました」

千堂の言葉を受け、松子が、

「だとすると、浦田さまは、最初から初対面の京四郎さまを頼るおつもりだったのですかね」

「おれの素性を知ってのおこないであったのだろう」

京四郎があっさりと返すと、松子は眉根を寄せた。

「なんだか、浦田さまの印象が悪くなっていきますよ」

「違いない。あの男、今回の一件で、いったいなにが狙いだったのか。ひょっとして、師の芥川龍斎も結託《けったく》しておるのかもしれんな」

京四郎が推量すると、

「きっと、そうですよ。あたしもなんだか腹が立ってきました」

眉間の皺《しわ》を深くし、松子は憤《いきどお》った。

「徳田殿、いま一度、わしと浦田を勝負させてくだされ。その立ちあいをお願いしたいのです」

居住まいを正し、千堂は頼んできた。

「真剣で立ち合うのか」

「そうしたいところですが……あのとき徳田さまに諭《さと》され、わしも改心いたしました。卑劣なおこないとはいえ、命まで奪うこともないでしょう。我ら大番の名誉を回復し、浦田の卑怯さを公《おおやけ》にできれば、それでけっこうです」

「よかろう」

京四郎は承知した。

「かたじけない」

千堂は深々と頭をさげた。

「礼は、願いが成就してから言ってくれ」

京四郎は右手をひらひらと振った。

千堂は一礼して立ち去った。千堂がいなくなってから、

「松子、浦田と芥川の学問所について調べろ」

京四郎が命じると、松子は深くうなずいた。

「わかりました」

「さて、物事には裏と表があるってことだな。いや、世の中はそうしたものかもしれんな。まこと、今回でそのことを痛感したよ」

珍しく京四郎は、反省の弁を述べたてた。

「あたしも、読売屋でありながら、人を見る目がないって思いましたよ」

松子も悔いるように、洗い髪を手で掻きあげた。

「さて、どうやって探るつもりだ」

興味深げに京四郎は尋ねると、

「入門しますよ」

あっさりと松子は言った。

「そりゃ、おもしろいな」

「読売屋の真骨頂ですよ」

松子は勇んだ。

七

正月二十五日、いきなり訪ねてきた松子が挨拶もそこそこに、入門したい、と申し出ると、学問所の浦田と芥川は戸惑いを示した。

「女だてらにいけませんか」

追い討ちをかけるように松子が確かめると、

「いいえ、当塾は門戸を広く開いております」

と、気持ちを切り替えたのか、芥川がやわらかく了承した。

「ありがとうございます」

松子は礼を述べて、さっそく広間に移る。大勢の門人に混じって、芥川の講義がはじまるのを待った。

ややあって、姿を見せたのは浦田であった。

「本日は自習とします」

短く浦田は告げた。

「自習……」

戸惑う松子をよそに、門人たちは、おのおの持参してきた書物を読みはじめる。

「あの、浦田さま、あたしはどうすれば」

松子は浦田に語りかけた。

「まずは、みなの議論を聞いていなされ」

答えると浦田は、

「みなさん、知行合一を旨として、活発な意見を戦わせてください」

門人たちは目を輝かせながら、

「では、御政道について語りませんか」

ひとりから声があがり、たちまち熱い議論がはじまった。


真面目に聞いていてもよくわからない話ばかりだったので、松子は機を見て広間から抜けだした。

すると、芥川の書斎から、商人風の中年男が出てきたところに出くわした。

「千寿屋殿、かたじけない」

という芥川の声が書斎から聞こえる。

浦田が言っていた、根岸の両替商、千寿屋五兵衛であろう。

「千寿屋さんですか」

松子が声をかけると、

「はい……」

と、立ち止まって五兵衛は松子を見返した。会ったことがあるのか、自分の記憶を手繰《たぐ》るように眉根を寄せる。

松子は素性を明かしてから、

「千寿屋さんも、芥川先生の学問所の門人でいらっしゃるんですよね」

「そうなんですがね……」

曖昧に言葉を濁《にご》らせ、五兵衛は玄関に向かった。松子は追いかけ、

「講義に出ないんですか」

と、問いかけた。

「あいにく、商いが忙しいんでね」

五兵衛は、いそいそと玄関を出ようとする。

「ちょっと、お話を聞かせてください」

「学問のことかい」

それなら無理だよ、と五兵衛は断ろうとしたが、

「いいえ、学問所のことです。少しだけでも」

松子は食いさがった。

根負けしたように、

「役に立たないかもしれないよ」

と、五兵衛は受け入れた。


近くの茶店で、松子は五兵衛から話を聞いた。

「入門したんですけど、門人のみなさん、難しい話ばかりなさっているんで、ついてゆけないんです。千寿屋さんは学問好きでいらっしゃるから、芥川先生の学問所に入門なさったんですか」

松子の問いかけに、五兵衛は首を左右に振って、

「違うよ。あたしはね、学問は苦手なんだ。両替商という商売柄、算盤《そろばん》と多少の算術はできるけど、儒学だの陽明学だのなんて頭が痛くなるばかりさ」

と、自分の頭を小突いた。

「じゃあ、どうして入門なさったのですか」

「もともとはね、お金を融通して差しあげていたんだ」

五兵衛は、芥川や浦田たち門人に金を貸していた。学問所の門人はなかなか増えず、浦田たちも小禄の御家人とあって、暮らしは楽ではなかったようだ。

「それで、みなさんにお貸しした借財の利子替わりに、芥川先生の講義を受けさせていただいたんだ……といっても、陽明学じゃないよ。あのころの芥川先生は、兵学《へいがく》を教えておられたんだ。なにも難しい話じゃなくてね、合戦をおもしろおかしく語ってくださって。そもそもあたしは講談《こうだん》が好きだから、失礼だけどそんな気分で受講していたんだよ」

昨年末まで芥川の学問所は、兵学ならぬ合戦の講談を中心とした講義がおこなわれていたそうだ。

「それが急に、陽明学なんて難しい学問を講義なさるようになってね。すっかりと足が遠のいてしまった。でも、よかったよ。浦田さまの活躍で入門者が殺到し、借金を完済なさったんだから。それどころか、新しく学問所を建て替えなさるそうだよ」

五兵衛は、「よかった、よかった」と繰り返した。

「そういえば、浦田さまに千堂さまの借財について、なにか相談なさったんですか」

松子が訊くと、

「相談というより、愚痴《ぐち》を言ったんだよ」

貸した三百両の返済が、一括《いっかつ》ではなく半分になったうえ、追加で百両を貸し付けることとなった。大きな目で見れば損をするわけではないが、いささか不安には感じたという。

「では、その追加の貸し付けを頼んできたとき、千堂さまは横柄な態度だったんですか。威張り散らしたり、脅したりとか」

松子の問いかけに、五兵衛は笑いながら頭を横に振った。

「そりゃ武家だからね、武張《ぶば》った物腰《ものごし》ではあったけど、とてものこと声を荒らげたり脅したりはなさらなかったよ。むしろ、恥に感じていたのか、あまり周囲に知られたくないご様子だった。もっとも、千堂さまや大小神風組の噂は耳にしていたから、内心ではびくびくしていたけどね」

浦田は、あたかも五兵衛が千堂の横暴に耐えかね、相談をもちかけてきたかのように話をしていた。

これで、浦田の魂胆が読めたような気がした。

浦田は、町の嫌われ者である千堂頼母と大小神風組を退治することによって、芥川の学問所の名を高めようとしたのだ。

おそらくは、芥川龍斎も関係しているだろう。退治するにあたって、陽明学が標榜する「知行合一」を掲げた。

講談めいた合戦話から、陽明学の講義に変わったのも、浦田の千堂退治の大儀とするために違いない。

もちろん、浦田に千堂を倒せる力量はない。そこで無敵の素浪人、徳田京四郎の助けを請うべく、京四郎の屋敷に駆けこんだのだ。


明くる日の夕暮れ、京四郎は芥川龍斎の学問所にやってきた。

門人は浦田が残るのみだった。松子を通じて浦田と芥川に、話があると告げていたのだ。書斎で、京四郎は浦田と芥川と対した。

文机《ふづくえ》には書物が積んである。

京四郎は書物の一冊を手に取り、

「伝習録《でんしゅうろく》か。陽明学を創始した王陽明《おうようめい》の著作だな」

伝習録は上、中、下の三巻から成るが、正確に言うと王陽明が書いたのではなく、弟子たちが王陽明の言葉や手紙をまとめたものだった。それでも入門書として、陽明学を学ぶ者には欠かせない著作である。

「徳田殿も、陽明学を学ぶ気になりましたかな」

穏やかな口調で、芥川は問いかけた。

京四郎は上巻をぱらぱらとめくりながら、

「いや、まっぴら御免だ。陽明学じゃなくって兵学なら学びたいがな。噂じゃ、芥川さんの合戦の話は、講談にようにおもしろいって評判だものな」

と、返した。

芥川は苦笑したまま言葉を返さない。

なおも京四郎は上巻に視線を落とし、

「まだ新しいな。半分くらいは読みこんだ跡もあるが、あとは真っさらだ」

上巻を文机に置き、中巻と下巻を手に取って、こちらは未読のようだ、と言い添えた。

笑顔を取り繕《つくろ》い、芥川は浦田を見やった。

「あ、いや、その、以前読んだ『伝習録』は……浦田に貸しましたので……あらたに購入したのです」

「そ、そのとおりです。拙者、先生から『伝習録』を借りたままなのです」

浦田は話を合わせた。

「師匠から、貴重な『伝習録』を借りたまま返さないとは、生真面目なあんたらしくないな」

中巻と下巻も文机に戻し、京四郎は浦田と芥川の顔を交互に見た。ふたりは視線を合わせようとしない。

「陽明学を講義するようになったのは、ついひと月前だってな」

京四郎の問いかけに、芥川も浦田も答えない。

「急に陽明学を講義することになり、あわてて『伝習録』を読みはじめたんだな。芥川さんは講義をせず、門人に自習か議論ばかりやらせているんだろう。そりゃそうだよな。まず自分が陽明学をしっかり学ばないことには、教えようがないものな」

京四郎に指摘されると、しばらくのあいだ、無言の時間が続いた。

やがて、

「……拙者が悪いのです」

浦田は両手をついて、深々と頭をさげてから、

「千堂頼母を退治すれば、この塾の評判が高まり、大勢の門人が集まるだろうと、先生に陽明学を講義するよう勧めたのです。聞きかじりで陽明学が掲げる『知行合一』の言葉を知っており、横暴な旗本奴に勝負を挑む大儀に使えると思ったのです」

苦渋《くじゅう》の表情となって打ち明けた。

「浦田に責任はありません。浦田は学問所の困窮ぶりを見かねて、千堂退治などという企てをおこなったのです」

浦田をかばうように、芥川が京四郎の前に進み出た。

そこへ、

「御免」

凜とした声が聞こえた。

「あの声は……」

すぐに浦田は、千堂だと気づいたようだ。

浦田も芥川も返事をする前に、廊下を足音が近づき、千堂の巨体が書斎に現れた。今日の千堂は頭巾を被らず、散切《ざんぎ》り頭を隠していない。浦田は、千堂です、

と芥川に耳打ちをした。

千堂は浦田と芥川を見おろし、

「本日は折り入って、話があって押しかけた」

と、断りを入れた。

表情を強張らせる浦田に、京四郎はからかうように笑いかける。

「千堂さんはな、もう一度、あんたと勝負がしたいんだとよ。今度はお互い、助太刀なしでな」

浦田の顔が引きつった。

この場に千堂を呼び寄せたのは、もちろん京四郎であった。

だが、ここに来る前に十分に話しあい、このあとどうするべきかは、最終的に千堂自身に任せてあった。

「いざ、立ち合え」

千堂は凛とした声を放ってから、

「……と思っていたが、気が変わった。折り入って話があると申したであろう」

と、腰の大刀を鞘ごと抜いてどっかと腰をおろすと、右側に置いた。浦田は芥川と顔を見あわせた。

「貴殿、芥川龍斎殿ですな」

千堂は丁寧な口調で問いかける。

そうです、と芥川は緊張の面持ちで答えた。

「一緒に塾を営ませてくだされ」

千堂が頼むと、

「一緒に……」

芥川は戸惑い、ふたたび浦田と顔を見あわせた。

「わしは剣術を指南する。泰平に慣れきった情けない侍どもを鍛えてやる……わしは思い違いをしておった。武張ることを威張ることだと履き違えたのだ。威張るのではなく、たくましい武士を育てることが、将軍家への忠義じゃ。芥川殿、文武両道の塾にしませぬか」

熱っぽく千堂が語りかけると、芥川の顔が輝いた。

「やりましょう。わたしは文を担《にな》いますが、陽明学や儒学にこだわらず、兵学、歴史……しかも小難しい講義ではなく、町人でも学べるような……おっと、千堂殿は町人の入門を拒まれますか」

芥川に問われ、

「町人が剣を学ぶのも、おおいにけっこう。武士であろうが町人であろうが、心身を鍛えれば世に役立つからな」

千堂は受け入れた。

やおら、浦田が両手をつき、

「では、わたしに剣を御指南ください。拙者の心身を鍛えてほしいのです。千堂殿を欺き、利用した汚い性根を叩き直してくだされ……ずうずうしいでしょうか。拙者を許せませぬか」

と、必死の顔で願い出た。

千堂のいかつい顔に、笑みが浮かぶ。

「よかろう、おおいに鍛えてやる。覚悟しろ」

肌寒いが、初春の華《はな》やいだ風が吹き抜けた。

京四郎は、黙ってその場を立ち去った。

第二話　殿さま盗人

一

月が替わって如月一日の昼さがり、徳川京四郎は夢殿屋にやってきた。

梅の花が咲き誇り、早春のやわらかな風が吹き抜けている。京四郎の身を包む片身替わりの小袖《こそで》は、左半身は白地にいつものように牡丹の花が描かれ、右半身は紫色地に金糸で望月《もちづき》と群雲《むらくも》の紋様が縫い取ってあった。

月代を残した儒者髷を調える鬢付け油と、小袖に忍ばせた香袋が匂いたち、抜けるような白い肌が春光に輝いていた。涼しげな目元、高い鼻、薄い唇は華麗な装いと相まって、浪人とはほど遠く、得体の知れない高貴さを漂《ただよ》わせている。

そのせいか、夢殿屋の店内で賑《にぎ》やかに読売や草双紙について語らっていた客たちも、京四郎を見ると話を止め、お辞儀で迎えた。

奥の居間に入ると、

「また、殿さま盗人の寅吉《とらきち》が出たそうですよ」

さっそく松子が語りかけた。

松子の装いは、薄桃色地に紅梅が描かれた小袖に草色の袴《はかま》だ。

殿さま盗人寅吉は、近頃評判の盗人である。二《ふた》つ名の由来は、大名屋敷や旗本屋敷のみを狙って盗みを重ねるからだ。

いわゆる殿さまたちの金を盗みだしているとあって、庶民は日常の鬱憤《うっぷん》を晴らすかのように寅吉を義賊扱いし、快哉《かいさい》を叫んでいる。

そんな寅吉が、また盗みを働いたらしい。まさしく、読売にはもってこいのネタでありながら、松子が浮かない顔をしているのは、夢殿屋で記事にできなかったからだろう。

書けないことはないが、他の読売屋の後追いとなってしまうのが、松子にとっては許せないらしい。

「また、出し抜かれたわ」

松子は嘆《なげ》いた。

「くよくよするな、松子らしくもない。寅吉はまだ捕まっていないじゃないか。

これからも盗みを重ねるさ。夢殿屋で読売にしたいのなら、ネタ拾いに精《せい》を出すんだな。それで、今回盗みに入られた間抜けな殿さまは、どこの誰だ」

京四郎らしい遠慮会釈《えんりょえしゃく》のなさで尋ねると、

「御茶ノ水《おちゃのみず》にある火消屋敷の主《あるじ》……つまり、火消役の御旗本、大峰勘解由《おおみねかげゆ》さまですよ」

読売を出せなかった不満が燻《くすぶ》っているようで、松子はおもしろくもなさそうに答えた。火消役は、幕府直轄の定火消《じょうびけし》を束ねる旗本である。しかも、禄高四千石という大身《たいしん》旗本だ。火消役に任じられた旗本は、与力六名、同心三十名を従え、現場で火消作業をおこなう人足の臥煙《がえん》とともに、火消屋敷に居住している。

「どれくらいやられたんだ」

京四郎はあくび混じりに問いかけた。

「三千両ですって」

次いで松子は、「あるところにはありますね」とつぶやく。

「そりゃ、大金だな。すると、寅吉ひとりの仕業《しわざ》じゃないかもな。千両箱三つを盗みだすとなると骨《ほね》だぞ」

京四郎が言ったように、小判千両と箱で、重量は八貫目（約三十キロ）ともなる。大の男でも、そう簡単には肩に担《かつ》げないし、そのうえ軽やかな足取りで持ち去るとなると、よほどの力自慢であろう。

当然、三千両は千両箱三つだ。ひとりで一度には運べない。

「ああ、そうか。寅吉は複数いるのか……というか、寅吉一味ということね」

納得したように、松子はうなずいた。

「今回の三千両を入れて、寅吉一味はこれまでに、どれくらいの盗みを働いたんだ」

なおも京四郎が問いかけると、松子は読売の束をめくった。いずれも、殿さま盗人寅吉の記事が掲載されている。

「えぇっと……」

松子は勘定していき、

「今回の大峰さまを含めて四件、総額五千両ですね。千両を盗まれた大名屋敷が一件、五百両を盗まれた旗本屋敷が二件、もっとも、これは表沙汰になっているだけですけどね」

大名や旗本は体面《たいめん》を重んずるため、盗人に入られたことを恥として町奉行所に届けない場合が珍しくない。

従って、届け出のない事件があるとすれば、寅吉一味が盗んだ金は莫大《ばくだい》だろう。

「届け出のない被害はわからんが、大峰勘解由が盗まれた三千両というのは、図《ず》抜《ぬ》けて高額だな。火消役とは、そんなに羽振りがいいのか……そうは思えんが」

京四郎は首をひねった。

「火消役の御旗本は四千石の大身ですし、臥煙を雇う費用として、公儀から年間に三百人扶持《ぶち》が支給されているそうですよ」

「なるほど、それなら三千両の蓄《たくわ》えがあっても不思議はないか……いや、臥煙どもに褒美をやったり、火消屋敷を維持する費用も馬鹿にならないだろう。果たしてそんなに貯めてるかな……ま、他人の懐《ふところ》だ。勘繰ってもしかたがないがな」

肩をすくめ、京四郎は結論づけた。

そうですね、と松子はうなずいたが、ふたたび浮かない顔つきとなった。

よほど、殿さま盗人を読売に取りあげられないのが悔しいのだろう。

「おい、元気を出せ。さきほども言ったが、寅吉一味はおそらくこれからも盗みを働くさ」

物騒《ぶっそう》な物言いで、ふたたび京四郎が励《はげ》ます。

「わかりました」

ようやく気を取り直すように、松子は背筋をぴんと伸ばした。

そこへ奉公人が入ってきて、来客を告げた。いつも夢殿屋にネタを売りこみにくる、でか鼻《ばな》の豆蔵《まめぞう》である。

松子は京四郎の了解を得て、豆蔵を居間に呼んだ。

顔を見せた豆蔵は、二つ名のとおり、大きな鷲鼻《わしばな》が目立つ小柄な男だった。

岡《おか》っ引《ぴき》としてはそれなりに優秀で、それゆえさまざまなネタを嗅ぎあてることに長《た》けている。あたかも大きな鷲鼻が、ネタを見つける嗅覚を象徴しているかのようだった。

十手《じって》にものをいわせて、読売になりそうなネタをあちこちから集め、高い値で買い取らせることを生き甲斐《がい》にしているような小悪党でもあった。

「親分、なにかおもしろいネタを持ってきてくれたのかい」

さっそく松子が語りかけると、

「そうなんだ」

と、答えてから豆蔵は、京四郎に挨拶をした。

次いで、勿体《もったい》をつけるようにごほんと空咳《からぜき》をしてから、

「噂の殿さま盗人寅吉についてなんだよ。姐御《あねご》のところは寅吉のネタが不足して

いるだろう」

　と、松子の弱味をついてきた。

「親分、人が悪いわね、足元を見て。礼金を弾《はず》めってことかしら」

　松子は眉根を寄せた。

「図星《ずぼし》だ」

　いっこうに悪びれず、豆蔵は指で鷲鼻を掻《か》いた。

「悪徳岡っ引の本領発揮というわけか」

　京四郎のからかうような言葉に、豆蔵は肩をすくめ、

「たしかに、悪徳岡っ引のあっしですがね、寅吉に盗みに入られた旗本さまから、直々《じきじき》に相談されたんですよ」

　と、意外なことを言いだした。

　なんでもその旗本は、被害を奉行所には届けていないという。

「いくら、やられたんだ」

「三百両ほどなんですけどね」

「ほう。家名は隠したいのだろうが、家禄だけでも教えてくれ」

　京四郎は問いを重ねる。

「ええと、たしか三百石ですよ」

「三百石の下級旗本にしては、ずいぶんと貯めこんでいたじゃないか」

京四郎は松子を見た。

「ひょっとして、これですか」

松子が壺《つぼ》を振る真似をする。

「そういうことでさあ。もうこうなったら言ってしまいますがね、その御旗本、小西健吾《こにしけんご》さまっていうんですが……屋敷の中で賭場《とば》を開帳《かいちょう》してたんですよ」

「さすがは悪徳岡っ引だな。悪徳旗本とつながっているというわけだ」

京四郎らしい辛辣《しんらつ》な言葉にも、豆蔵は気にせず胸を張った。

「あっしはね、むしろ善行だと思っているんですよ」

小西屋敷に奉公する渡《わた》り中間《ちゆうげん》のなかに、かつて豆蔵がお縄にした男がいるらしい。渡り中間とは、決まった主人を持たず、さまざまな武家屋敷を渡り歩いている中間のことである。

その昔、男は茶店で饅頭《まんじゆう》をただ食いし、客の財布を盗んだ。あっさりと捕まえたものの、饅頭は食べたが財布の金には手をつけていなかったため、放免してやったらしい。

その後、その渡り中間は仲間を束ねて、小西屋敷で賭場を開帳するようになり、豆蔵への恩返しとして、あがりの一部をくれるようになったのだそうだ。

「小西さまには、賭場のあがりの三割が入るって寸法です」

小西家にかぎらず、下級旗本はどこも、けっして楽な暮らしではない。

件《くだん》の渡り中間は、紋太《もんた》というそうだ。

「小西さまにとってみれば、紋太が上納した金を、寅吉に盗み取られたってわけでしてね。で、紋太から相談を受けたんですよ」

言ってから豆蔵は、

「じつはね、ここに一緒に来たんですよ。店で待たせていますが呼んでいいですかね」

京四郎と松子の顔を交互に見た。

京四郎が、「いいぞ」と承諾すると、豆蔵は店に向かった。

時を置かずして、豆蔵は小太りの男を連れて戻ってきた。渡り中間らしく半纏《はんてん》を着て、小袖の裾《すそ》をまくっている。

紋太は京四郎に、ぺこりと頭をさげた。

「お願いしますよ、寅吉を捕まえてください」

いきなり紋太は頼んできた。

「そんなことを言われてもな。霧のように消えてしまう盗人だぞ。おれが見つけられるはずはなかろう」

苦笑しつつ京四郎は言った。

「あっしが探しますよ」

豆蔵の言葉に、京四郎は眉根を寄せた。

「おまえがいくら凄腕《すごうで》の十手持ちでもな、江戸は広いぞ。それとも、なにか手がかりがあるのか」

「それが……なくはないんですよ」

一瞬の躊躇《ためら》いを見せたあと、豆蔵は紋太を見た。

京四郎と松子の視線も、紋太に向けられる。

「あっしらの仲間内かもしれないんですよ」

声音を低くして、紋太が明かした。

「なんだと、殿さま盗人寅吉は渡り中間だというのか」

驚く京四郎に、豆蔵が説明を加えた。

「いかにもありそうですぜ。渡り中間なら、大名屋敷、旗本屋敷に出入りしていますんでね。金蔵《かねぐら》の在り処を知ることができるし、合鍵も用意できます」

「そうよね、きっとそうだわ」

いかにも松子らしく、即座に決めこんで目を輝かせた。

寅吉ないし寅吉一味を京四郎が捕縛すれば、大きな評判となる。これまで、殿さま盗人寅吉に関して他の読売屋に遅れを取っていたが、一気に挽回《ばんかい》できるのだ。

いや、挽回どころではない。

寅吉ネタを、夢殿屋が独占できる。松子の読売屋魂に火がついたのも当然だ。

案の定、

「京四郎さま、寅吉を捕まえてくださいよ。これは大きな話題になるわ。出遅れを取り戻せるどころか、夢殿屋の読売が、寅吉捕縛を大々的に書きたてられる。草双紙や錦絵にも仕立てられるのよ。読売、草双紙、錦絵……売れに売れるわ」

夢見心地《ゆめみごごち》となって、松子は取らぬ狸《たぬき》の皮算用《かわざんよう》をはじめた。

「おいおい、気が早いぞ。まだ寅吉の所在すら、わかっていないんだからな」

京四郎は諫《いさ》めたが、

「大丈夫ですよ。なんてったって、でか鼻の豆蔵親分は凄腕ですからね。抜かりがあるはずはないもの。ねえ、親分」

根拠のない自信で、松子はあけすけな態度で豆蔵をおだてると、文机《ふづくえ》に向かった。豆蔵は京四郎と顔を見あわせ苦笑したが、松子からネタ賃をもらうと、途端に満面の笑みとなった。

「金一分とは弾《はず》んでくれたな、姐御」

豆蔵は嬉しそうな顔で、財布に金を入れた。

「それと、これはそちらの兄さんにも」

松子は紋太にも、一分を手渡した。紋太もくどいくらいに礼を述べたてる。

「見事、寅吉をお縄にしたら、もう一分差しあげるわよ。だから気張ってね」

松子に餌《えさ》を与えられ、豆蔵も紋太もやる気をみなぎらせた。もはやすっかりと、寅吉の所在を突き止めた気でいる。

「寅吉の居場所は、おまえたちで調べるのだな」

京四郎の念押しに、

「任せてくだせえ！」

豆蔵は腕まくりをして自信のほどを示した。

「それなら、奉行所に訴えればいいじゃないか」

あえて京四郎が水を差すと、

「そりゃ、できませんや」

困ったように、豆蔵は顔を歪《ゆが》ませる。

「まあ、それもそうだな。賭場のあがりを盗まれたなんて、表沙汰にはできないだろう。悪徳岡っ引を頼るしかないというわけか」

京四郎は声をあげて笑った。

「寅吉は大名や旗本から盗んでいるんで町人の評判はいいが、盗人であることには変わりませんや。捕まえるのは、十手持ちの本分《ほんぶん》。それに、小西さまの三百両がなきゃ、賭場を開帳できません」

豆蔵は真面目な顔で言いたてた。

「三百両が賭場の種銭《たねせん》というわけだな。さすがは、悪徳十手持ちの豆蔵親分だけあるな。ちゃんと算盤《そろばん》を弾《はじ》いているってわけだ。まったく、畏れ入ったよ」

賛辞とも批難ともつかない口調で、京四郎は言った。

「お褒めと受け止めときますよ」

悪びれることもなく豆蔵は答え、紋太を見て顎《あご》をしゃくった。

紋太はうなずくと、京四郎に語りかける。

「お礼なんですがね、賭場を再開しましたら、三日分のあがりの一割ということでいかがでしょう。一日のあがりは五十両はくだらないので、三日分ですと十五両は差しあげられると思います」

紋太の申し出に、松子は感嘆の声をあげた。

対して京四郎は、淡々とした様子である。

「礼金はそれでよい。それに加えて、なにか美味い物を食わせろ」

「おやすい御用で」

即座に紋太は請け負った。

「ただし、適当な高めの料理屋で済ませようなんて魂胆《こんたん》は許さんぞ」

「わかってますって。そこらへんは豆蔵親分から聞いておりやす。手製の料理を振る舞いますぜ」

紋太の言葉に、豆蔵が意外そうな表情を浮かべた。

「なんだ、おめえ、料理ができるのか」

「料理ってほどじゃござんせんがね、仲間内で闇鍋《やみなべ》をやるんでさあ。それでよろしかったら、ぜひにも」

闇鍋とは、複数の人間がそれぞれ秘密の材料を持ち寄り、暗いなか食べる鍋だ。

「なるほど……おもしろそうだな」

京四郎は松子を誘ったが、

「すみませんが、あたしは遠慮しときますわ。だって……」

どうにも信用できないようだ。

「おれは食べるよ。楽しみにしとく」

「では、腕によりをかけて用意いたしますんで、お楽しみに」

紋太は胸を張って言った。

二

明くる二日の昼、京四郎は松子をともない、小石川にある小西健吾の屋敷を訪ねた。御三家水戸徳川家の巨大な上屋敷の近くに、ひっそりと建つ武家屋敷だ。

松子が門番に素性《すじよう》を告げると、中に案内された。

母屋の玄関に入って松子が声をかけると、すぐに小西健吾が姿を現した。

紺地無紋の小袖を着流し、羽織を重ねている。どこと言って特徴のない面差しながら、にこにこ微笑んでいる丸顔のせいで、人の好さを感じさせた。

おおよそのことは、紋太から聞いていたのだろう。

「これはわざわざのお越し、恐縮でございます」

小西はぺこぺこと頭をさげ、京四郎と松子を案内した。

案内された居間は、意外なほど手入れが行き届いており、床の間には青磁《せいじ》の壺が飾られていた。

「まがい物です。瀬戸物《せともの》ですよ」

恥ずかしそうに、小西が頭を掻いた。

「三百両、盗まれたんですって」

さっそく松子が本題を切りだす。

「ええ、まったく……悪いことはできません。天は見ております。あ、いや、なにも殿さま盗人の寅吉が、神仏の代わりに盗みを働くわけではないですが」

自嘲気味な笑みを浮かべ、小西は言った。

「災難には違いありませんよ」

松子は同情を寄せた。

「暮らしの足しにしようと思ったのですが、それがいけなかった。賭場のあがりを盗まれたとあっては、奉行所に届けるわけにもいかず、それどころか、表沙汰になったら処罰されますからな」

いけないことと知りつつ、と小西はくどいくらいに反省の弁を述べたてた。

「そんなに台所事情は苦しいのかい」

京四郎の言葉に、小西は表情を曇《くも》らせた。

「まあ、なんといいますか、ぎりぎり食えなくはないのですが、その、恥ずかしながら妻を満足させられんのです」

「奥さま……」

松子が首をひねった。

「妻の道代《みちよ》は、いわば贅沢《ぜいたく》好きでしてな、呉服、小間物《こまもの》、芝居見物が大好きとあって、いくら金があっても間に合わないのですよ。それでこの壺ですが、真っ赤な贋物《にせもの》を青磁の壺だと偽《いつわ》って買ったのです」

恥じ入るように、小西は顔を伏せた。

「そうですか……それはそれは……」

松子も、どう返していいかわからないようだ。

「ここまでして結局、妻は実家に帰ってしまいました。ほんと、しょぼくれもいいところでござるよ」

重苦しい雰囲気を変えるように、京四郎が尋ねた。

「ところで、三百両は金蔵《かねぐら》から盗みだされたのか」

「ええ。ご案内をいたします」

小西は腰をあげた。

京四郎と松子は小西の案内で、屋敷の裏手にある金蔵にやってきた。三つ蔵が建ち並び、金蔵は真ん中であった。

土蔵の横に中間小屋がある。

「ここです」

小西は金蔵の前に立った。南京錠が掛けてあり、小西は袖から鍵を取りだすと、錠を外した。

戸を横にずらし、小西に続いて京四郎と松子は中に入った。殺風景な板敷が広がっていると思いきや、いくつもの女物の着物が衣紋《えもんか》掛けにかかっていた。いずれも華麗な紋様《もんよう》を施《ほどこ》した、いかにも値の張りそうな小袖である。

うっとりと見つめながら、

「奥さまのお着物ですね」

松子はため息を漏らした。

「いかにも」

そっけなく小西は答える。

「すてきですね。奥さまは、大変に趣味がよろしいですわ」

松子が近づいてみると、香が焚き染めてあった。妻の道代は、相当に着物を大事にしていたのだろう。

「妻の自慢ですよ」

皮肉げに言う小西に、京四郎が視線を向ける。

「奥方の着物は盗まれなかったのかい」

「不幸中の幸いと言いますか、盗まれませんでしたな」

「殿さま盗人寅吉は、金しか盗みませんよ。骨董品にも手をつけません。まあ、骨董品だの着物だのは、お金にするときに足がつきますからね」

松子が言い添えた。

「しかしこの着物なら、古着屋で簡単に売れそうだがな」

京四郎の疑問に、松子が答える。

「女物の着物に、寅吉は興味がないんじゃありませんか」

それを受け、

「寅吉がどうして着物には手をつけなかったのかわかりませんが、それが幸いしました。着物を盗まれたら、妻は激怒したでしょうからな」

苦笑混じりに小西は言った。

「本当に、不幸中の幸いでしたね」

松子も賛同する。

板敷には着物のほかに、小間物などが棚に並べられていた。

鼈甲《べっこう》細工の櫛《くし》、笄《こうがい》、簪《かんざし》など、こちらも値の張りそうな品々ばかりだ。金蔵は銭、金ばかりか、奥方が大切にしている着物と小間物の収納場所のようだ。

板敷の真ん中に置かれているところからして、銭や金より、着物や小間物のほうが大切にされているのかもしれない。

「金は」

京四郎が問いかけると、

「お恥ずかしい話ですが」

と、金蔵の隅《すみ》に案内した。

千両箱と銭函《ぜにばこ》が積んである。千両箱は三つで、京四郎は松子に目配せをした。

松子はうなずいて両手で持ちあげる。

「あら、小判が入っているのかしら」

と、重そうに腰を屈《かが》めて、床におろした。

小西が蓋《ふた》を開ける。

「まあ、石ころ」

松子が目を見張ったように、中には石が詰まっていた。残りふたつも同じだそうだ。

「寅吉が三百両の代わりに石を入れていったのかな……だが、三つともというのは、どういうわけだ」

京四郎が小西に向けて尋ねた。

「妻を気遣ってです」

小西は面を伏せた。妻に千両箱が三つあると思わせるための作為だそうだ。

「そもそも、三つとも見せかけの千両箱なのです。賭場のあがりは、千両箱にはおさめませんから」

言われてみればそのとおりである。

賭場で動く貨幣は、一分金、一朱金が大半だ。賭場には金持ちばかりが出入りしているわけではない。一回一両などという勝負など、滅多にあるまい。小判ばかりで三百両が集まるわけはないのだ。

　寅吉は千両箱に金がないのを見て、銭函を探ったのだろう。銭函から銭、一分金、一朱金を掻き集め、風呂敷にでも包んで持ち去ったに違いない。

　もしかすると、火消役の大峰勘解由の屋敷から三千両を盗んだのも、箱ごとではなく、中味だけを持ち去ったのかもしれない。大身旗本の屋敷ゆえ、小西屋敷と違って小判で三千両がそろっていたことも考えられる。そうであれば、かなり運びやすいはずだ。

　小判だけの運搬ならば、寅吉が単独で盗みを働いている可能性もある。

「まったく、まいりました」

　途方に暮れたように小西は嘆《なげ》いたあと、

「あ、そうそう」

と、着物の袖《そで》を手で探った。次いで、一枚の書付を京四郎に差しだす。

「殿さま盗人寅吉参上。三百両、頂戴」

　京四郎は声を出して読みあげた。

「そうだわ。寅吉は盗みを働いた武家屋敷に、書付を残しておくそうですよ。これ見よがしに自慢しているんでしょうね。無責任な読売屋が、読者の興味を引こうとして作ったんだって思っていましたけど、本当だったんですね」

売れるなら多少の嘘や誇張《こちょう》を交えるのは日常茶飯事の松子であるが、いけしゃあしゃあと自分を棚にあげて、同業者を批難した。

それを聞き流し、

「署名代わりに、虎の絵が描いてあるな」

京四郎は松子に書付を見せた。

「案外と上手ですね。ただ、この尻尾はどうなのかしら」

松子が指摘したように、尻尾がぴんと立っている。

「正真正銘、寅吉の仕業だとわからせるための印かもしれぬ。殿さま盗人寅吉を騙《かた》る者が現れた場合、見破れるようにな。たとえ騙り者が虎の絵のことを知ったとしても、わざわざ尻尾が立った、みょうちきりんな虎は描かないだろうよ。おそらく町奉行所も、本物の寅吉かどうか見極めるために、読売屋に尻尾のことを口止めしてるのだろう」

京四郎の推測に、松子も小西も納得したように首を縦に振った。

京四郎は小西に、書付をしばらく借りたい、と申し出た。

三

それから数日が経過した。

豆蔵が夢殿屋に姿を見せ、奥の座敷で京四郎と松子に探索の報告をした。

「紋太が、これと目をつけた男がいるんですよ」

豆蔵はさりげなく右手を、松子に差しだす。いきなりの謝礼要求に、松子はぴしゃりと手を跳ねのけた。

「追加の駄賃は、寅吉がお縄になったら支払う約束ですよ」

肩をすくめた豆蔵は、すぐに気を取り直して告げた。

「熊次郎《くまじろう》という男なんですよ」

「どうして、そやつが怪しいのだ」

京四郎の問いかけに、豆蔵はにやりとする。

「小西さまの御屋敷に寅吉が盗み入ってから、姿を消したんですよ」

「そりゃまた、わかりやすいな」

疑わしそうに京四郎は首を傾《かし》げた。あまりに見え透いている気がしたのだ。

まあ聞いてくださいな、と豆蔵は断りを入れてから続けた。

「それで、紋太は手下を使って、熊次郎の行方を探していたんですがね。その甲斐ありまして、ようやく居所を見つけたんですよ」

「おい、熊次郎が寅吉だとすると、盗みに入った賊はひとりだろう。おまえや紋太だけで十分じゃないのか。おれに手助けを頼むと、謝礼が必要だぞ。無駄な金を使うこともあるまい」

「いやいや、ぜひとも、お力を貸していただきたいんですよ」

あらためて豆蔵は頼んできた。

「どういうわけだ」

「……不気味なんですよ」

恐ろしげに、豆蔵は肩をすくめた。

「なんだ、妖怪でも出るのか」

「まさか、妖怪とか物《もの》の怪《け》の類《たぐい》じゃないですよ。熊次郎には、ほかに大勢の仲間がいるんじゃないかって思えるんですよ」

豆蔵が答えると、松子が口をはさんだ。

「じゃあ、殿さま盗人寅吉は、やっぱりひとりじゃないってことですね」

「たぶん、寅吉は一味ですよ。しかもその内実は、渡り中間の集団なんじゃねぇかって思ってます」

　考えつつ、豆蔵は断じた。

「ほう、考えたもんだ。渡り中間どもが各家に散らばって、もしくはひとつの家に集まって、奉公先の屋敷で盗みを働いているってわけか。内部の情報も手に入れ放題だな」

　京四郎の言葉に、豆蔵は深くうなずいた。

「で、その熊次郎の根城には、気性の荒い中間どもが集まっていると。そこで、おれの出番ということか」

「お願いしますよ」

　豆蔵は両手を合わせた。

「よかろう」

　あっさりと京四郎は了承し、松子も意気込んだ。

「あたしも行くわ」

「ええ、やめといたほうがいいですって。姐御は怪我をしますぜ」

　豆蔵の忠告にも、素直に聞くような松子ではない。

「それくらいで怖がってちゃ、読売屋はできないわ。心配ご無用よ」

「こりゃあ、たいした女傑《じょけつ》だな」

苦笑する豆蔵に、京四郎が言った。

「で、どうする」

「今夜、夜八つに、小西さまの屋敷の裏門で待っていますぜ」

豆蔵が言いきると、京四郎は軽く目をつむってうなずいた。


如月八日の晩、京四郎と松子が小西屋敷の裏門近くにやってくると、すぐに豆蔵と紋太が近寄ってきた。

夜風は肌寒いが上弦《じょうげん》の月が夜空を彩《いろど》り、梅が香りたって春めいた雰囲気が漂っている。

提灯《ちょうちん》は用意しないでほしい、という豆蔵の事前の頼みに応じて、誰も明かりを持っていない。だが、ほの白い月明かりで、歩くのに不自由はなかった。

紋太の案内で連れていかれたのは、大きな武家屋敷であった。三千坪はあろうかという敷地を練塀《ねりべい》がめぐり、三丈（約九メートル）もの高さの火《ひ》の見櫓《みやぐら》が備えられている。

「ここは……」

火の見櫓を見あげた松子に、紋太が答えた。

「火消屋敷ですよ」

「なんですって。大峰勘解由さまの御屋敷なの……なるほど、これはちょっと難物だわね」

珍しく松子は躊躇《ためら》いを示した。

火消屋敷には、町奉行所はもとより火付盗賊改方《ひつけとうぞくあらためがた》ですら立ち入りができなかった。

屋敷内には、大勢の臥煙たちが起床する詰所がある。夜更けの火事に備え、寝ずの番がいて、半鐘《はんしょう》が鳴ると臥煙たちを叩き起こす。臥煙たちは横長の丸太棒を枕に就寝させられており、寝ずの番はそれを木槌《きづち》で叩いて起こすという荒っぽさだ。

ほとんどの臥煙たちは全身に彫物《ほりもの》を施し、振る舞いもやくざ者のように乱暴とあって、町人たちからの評判は悪い。

南町奉行である大岡越前守忠相《おおおかえちぜんのかみただすけ》の建言で町火消《まちびけし》ができてから、定火消の評判はいっそう悪くなっている。

評判も上々だ。
町火消《まちひけし》は、鳶職《とび》が中心となって形成されており、粋《いき》でいなせだと町人たちには
ところが、定火消は町火消を見くだし、なおかつ対抗意識も強く、火消現場で
のいさかいが絶えなかった。
「お役人も入れない場所で、しかも臥煙と言えば、荒れくれ者の集団ですよ」
松子が心配するように、いかに京四郎でも、火消屋敷に乗りこんで大勢の臥煙
たちを相手に立ちまわりとなると、そうそう無事では済まないだろう。
同じように紋太も危惧《きぐ》していたようで、
「そうですよ、だからこそ親分に相談したら、大丈夫だ、無敵の素浪人・徳田京
四郎さまなら、相手が臥煙だろうがやくざ者だろうが、群がる敵をたちまちにし
て成敗してくださるって」
恨めしそうに豆蔵を見た。
「調子のいい奴だ」
京四郎は豆蔵の頭を、こつりと叩いた。
「すんません」
言葉とは裏腹《うらはら》に、豆蔵はたいして悪びれもせずぺこりと頭をさげる。

「それで、たしかに熊次郎はここにいるんだな」

京四郎が確かめると、紋太は自信をもって断じた。

「間違いありません」

「やけに自信がありそうだが、その根拠はなんだ」

「あいつには、臥煙の兄貴がいましてね、大峰さまの火消屋敷にいるって言っていたんですよ。しかも、臥煙頭《がえんがしら》だそうで。で、兄貴から、おめえも臥煙になれってしつこく誘われていたそうでして。もしかしてと思ってこちらの中間部屋に探りを入れてみると、果たして臥煙の詰所に熊次郎がいるのを見つけたんです」

嘘や見間違いじゃありません、と紋太は言い添えた。それでも言葉足らずと思ったのか、

「熊次郎ってのは、役者って言われてもおかしくねぇくらいの男前でしてね、すらっと背が高くて、遠目にも目立つんです」

納得したのか、京四郎はしばし思案をめぐらせたあと、紋太に言った。

「なら、熊次郎を呼んでこいよ。屋敷に立ち入らなければ、たいした危険もあるまい」

「そりゃ無理ですよ」

即座に紋太は、手を左右に振った。

「おまえ、熊次郎に嫌われているのか」

冗談混じりに、京四郎は語りかける。

「いや、まあ、好かれてはいませんがね。そもそも、あっしの言うことなんか聞きやしませんよ。それに、あっしに盗みのことを感づかれたと察するでしょう。そうなったら、あっしは……」

紋太は首をすくめた。

「どうしますか」

困惑の表情で、豆蔵が問いかけてくる。

「この屋敷の主の大峰勘解由も、盗みに入られたんだったな。たしか図抜けて多い三千両……待てよ、こりゃ、絵面《えづら》が読めてきたぞ」

京四郎は、にんまりとした。

すぐに松子も京四郎の考えを読み取ったようで、両手を小さく叩いた。

「そうか……寅吉の背後には、大峰勘解由がいるんですね。寅吉一味を操っているのは、大峰ということですよ。でも、どうして三千両もの大金を盗まれたことにしたのかしら。自分に疑いをかけられないため……そりゃ、おかしいわね。そもそも火消役を務める大身の旗本が、盗賊の背後にいるなんて誰も疑わないもの。わざわざ、自分の屋敷に注意を向けさせる必要はないわ」

考えが行き詰まり、松子は首を傾げ、助けを求めるように京四郎を見た。

「さてな……」

そこはおれもわからん、とつぶやいてから、

「おまえのほうに、心あたりはないのか。腕利きの悪徳十手持ちなら、なにか勘づいているだろう」

京四郎は豆蔵に問いかけた。

「やめてくださいよ。徳田さまがおわかりにならないのに、あっしごときがわかるはずありませんや」

豆蔵は頭を掻いた。

「肝心なところで役に立たん男だな」

理不尽なことで京四郎に責められ、豆蔵はすんませんと頭をさげたものの、誰にもわからぬよう小さく舌打ちをした。

気を取り直して、松子が口を開いた。

「定火消の御旗本が盗みに入られたなんて、恥もいいところでしょう。それなの

に、あえて被害者を装った目的はいったいなにかしらね」

考えこんでいた豆蔵が、ふと思いついたように言った。

「自分も被害を受けたことにして、探索の目を逸らそうとしたとか」

途端《とたん》に松子は顔をしかめ、苛立《いらだ》ちをぶつけるかのように口調を強める。

「親分、あたしの話を聞いてなかったの。誰も、大身の旗本が寅吉の背後にいるなんて思いもしないわよ。それなのに、自分の屋敷もやられたなんて、世間に赤っ恥を広げるようなもんじゃないの。まったく、親分たら、もっとましなことを考えてよね」

「すまねえな。どうせ、おいらは知恵がまわらねえよ。ねえ、徳田さまのほうこそ、なにか思いつかねぇんですかい」

拗《す》ねたように鷲鼻を震わせた豆蔵が、標的を松子から京四郎に替えた。

「わからんと言っただろう。ともかく、今夜は引きあげるか。いずれこの屋敷に忍びこめば、大峰や寅吉の魂胆を暴けるだろうさ」

京四郎は大きく伸びをした。

「すんません、無駄足を踏ませてしまいまして」

申しわけなさそうに、紋太は頭をさげた。

「なあに、寅吉の背後に大峰勘解由って黒幕がわかったのは大きな進展だ。役に立ったぜ」

微笑みかけた京四郎に、

「そうおっしゃっていただけますと、少しは安堵しましたよ」

紋太はお辞儀をして、豆蔵と帰っていった。

「さて、一杯飲むか」

京四郎も帰ろうとしたところで、

「あら、あの人」

と、松子は前方を指差した。

裏門の潜り戸から、商人風の男が出てくる。

「千寿屋の旦那の五兵衛さんですよ」

松子は京四郎に教えた。

四

「千寿屋さん」

松子が声をかけると、

「ああ、これは夢殿屋の女将さんじゃありませんか」

気さくな調子で応じたが、その表情は曇っていた。

「どうなさったの、冴えない顔で」

そう問いかけてから松子は、お世話になっているお方だと京四郎を紹介し、

「浦田さまの一件でも、大変にお手助けをいただいたんですよ」

と、言い添えた。

それはそれは、と五兵衛は京四郎に挨拶をした。

「腹が減ったな。飯でも食おう」

京四郎は周囲を見まわした。

すると、

「その先に、肴《さかな》の美味い縄暖簾《なわのれん》がありますよ」

五兵衛の案内で、京四郎と松子は歩きだした。


縄暖簾に入ると、酒と肴を五兵衛が見繕《みつくろ》って頼んだ。

肴は玉子焼き、湯豆腐に蕗《ふき》の煮付であったが、五兵衛が言ったようにどれも美

味かった。

　ひとしきり飲み食いをしてから、

「どうしたんですよ」

　松子が五兵衛に問いかけた。

「借金の取り立てが……あ、いえ、踏み倒されたんではないんですがね、算段どおりにいかなくなりまして」

　五兵衛はため息を吐いた。

「大峰さまに貸したんですね」

　松子は問いを重ねた。

「そうなんですよ」

「差し支えなかったら、いかほどですか」

「千五百両です」

　か細い声で、五兵衛は答えた。

「大峰は返さないと申しておるのか」

　京四郎が問いかけると、五兵衛は躊躇いを見せつつ言った。

「いえ、返さないとはおっしゃっていません。かならず返すが、殿さま盗人寅吉に三千両もの大金を盗みだされたので、手元不如意《てもとふによい》だと……金の算段がつくまでしばし猶予をくれ、と」

肩を落として五兵衛が返すと、

「それだ！」

と、京四郎が言い、

「そうですね」

松子は納得したようにうなずいた。

大峰は、五兵衛の借金を踏み倒す、もしくは返済を引き延ばすために、三千両が盗まれたと町奉行所に届け、表沙汰にしたのだ。

じつに狡猾《こうかつ》な男である。

なんのことかわからず、五兵衛は戸惑った。

「どうしました……」

「いや、なんでもない。そりゃ、災難だったな」

平生《へいぜい》の口調に戻り、京四郎は取り繕って五兵衛に酌《しゃく》をした。

恐縮した五兵衛は、

「まったく……でもですね、なんとか返済の目途《めど》はつけてきたんです。もっとも、大峰さまが約束を守ってくだされば、ですがね」

「大峰は払うと約束したのか」

「月々、百両ずつ返していただけるとのことで」

五兵衛は算盤玉を弾く真似をした。

「武士に二言はない、と大峰さまはおっしゃいまして、証文は書いていただけませんでしたが」

五兵衛にすれば、ぜひとも証文を書いてほしかっただろう。だが無理強いして、火消役を務める荒っぽい大身旗本が怒るのではないか、と恐れたのだ。

「大峰の約束は、なにか算段があってのことなのかな。金に困っているのであれば、そうそう毎月百両を用意できないだろうに」

京四郎が目を凝らすと、

「それは……」

五兵衛は言い淀《よど》んだ。

「賭場だろう」

ずばり、京四郎が指摘をする。

「よ、よくおわかりで……ご存じだったんですか」

「なに、勘だ」

そっけなく言って、京四郎は曖昧《あいまい》にはぐらかした。

「大がかりな賭場なんですか」

松子の問いかけに、五兵衛は頭を掻いた。

「あたしは博打をやりませんのでわかりませんが、一勝負一両からという賭場を開帳なさるそうですよ。大きな勝負ができる上客ばかりを集めるのだとか」

「ほう、それはすごいな。で、誰に賭場を仕切らせるのだ」

「臥煙頭の寅太郎《とらたろう》という男だと聞きました」

名前からしても、熊次郎の兄で間違いないだろう。

「ひとつ頼みがあるんだが……」

あらたまった態度で、京四郎は五兵衛を見た。五兵衛は居住まいを正す。

「おれと一緒に、大峰の賭場に行ってくれ」

「いえいえ、申しわけございません。手前は博打はやりませんので」

丁重に断る五兵衛に、

「あんたは見ているだけでいいよ。上客ばかりを集めるからには、大峰の賭場は一見《いちげん》の客じゃ入れないのだろう。紹介者がいなきゃ駄目だ。あんたと一緒なら出入りできるに違いない。もちろん、礼はする。大峰に貸した金をすべて取り戻してやるよ」

京四郎は言いたてた。

五兵衛は、ぽかんとなって京四郎を見返す。

「もっとも、おれも口約束で、証文は書けないがな」

猪口《ちょこ》を持ちあげ、京四郎は酒を飲み干した。

「……わかりました。徳田さまを信用して、お供いたします」

なにか感ずるものがあったのか、五兵衛は覚悟を決めたように受け入れた。


しばらくして、五兵衛はお先にと帰っていった。

「大峰勘解由って御旗本、本当に陰険《いんけん》ですね」

松子は顔を歪《ゆが》めた。

「侍はそんなもんだ。表面はいい顔をしてその実、なにをやっているかなど知れたものじゃないさ」

京四郎は達観めいた物言いをした。

こういったとき松子は京四郎に、ふとしたもの悲しさを覚えるのである。

凡人には想像もつかぬ将軍家の血筋というものを、けっして喜んでは受け入れられぬ、京四郎独自の価値観とでもいおうか。

さすがの松子も、京四郎の心の奥底に踏み入ることは憚《はばか》られた。

気分を変えようと、松子は紋太の話を思いだして言ってみた。

「そういえば、大峰さまが賭場を仕切らせた臥煙頭の寅太郎って、熊次郎の兄さんですよね」

「そうだろうな。臥煙頭がそう何人もいるとも思えぬし、寅に熊だ。それに名前からして、寅太郎こそが殿さま盗人寅吉の正体かもしれんぞ」

京四郎の推量に、松子も賛同した。

「種銭はどうしますか。そりゃ、多少は用立てできますが、千寿屋さんの話だと一勝負一両だそうですよ。まともに勝負をしたら、あっという間に十両……いえ五十両だって、ひと晩に負けてしまいます。そこまで、千寿屋さんに頼るわけにもいかないし……」

「よし、ならば豆蔵と紋太に用立てさせろ」

こともなげに京四郎が言い放つ。松子は目を見開いて、

「いや、親分は小金は持っていますがね、さすがに……」

「だったら紋太に、小西屋敷で賭場を開帳させればいい。手慣れたものだろう」

「なるほど、そうしましょうか」

「紋太も、人さまの役に立つとなったら本望だろうさ。それに小西も暮らしが苦しいのだろう。このまま賭場を開かずにはおれまい」

およそ、将軍家の者とは思えぬ台詞を吐いて、京四郎は笑った。

「ほんと、京四郎さまにかかったら、どんな悪党も形無しですよ」

松子もおかしそうに噴きだした。

五

明くる九日、松子は豆蔵を通じて、紋太に小西屋敷で賭場を開帳するよう要請した。

これで、大峰の悪事を暴く軍資金を得ようという算段であったのだが、予想外の事態が起きた。

なんと、小西屋敷で賭場が開帳されている、と南町奉行所に密告があり、摘発されてしまったのだった。屋敷は徹底的に調べられ、小西健吾は厳しい詮議を受けたあと、いまは蟄居《ちっきょ》して沙汰を待っている。

そんななか、豆蔵と熊次郎が夢殿屋を訪れた。ふたりとも肩を落としている。

「まったく、お上《かみ》の手入れがあるとはな」

豆蔵はため息を吐いた。

「これまでの悪行がばれなかったのは、運がよかったって諦《あきら》めることね」

松子が言うと、

「そりゃ、そうに違いないですがね」

紋太はうなだれつつも、愚痴を吐きはじめた。

「これまで、南北の町奉行所の同心さまにはですよ、賭場のあがりのいくらかをお渡しして、お目こぼしを受けてきたんです。それが、急に手のひらを返すように、これまでの付き合いなんざ無視して摘発ですからね。信義ってものがありませんよ。世も末でさあ」

「そりゃあ気の毒だが……ちと臭《にお》うな」

京四郎が疑問を呈すると、すかさず松子も賛同する。

「ほんと、ぷんぷん臭うわ」

「大峰の差し金だろうな」

京四郎の推量に、今度は紋太が疑問を投げかけた。

「そうかもしれませんが、なんのためですかね。大峰さまの御屋敷だって、賭場を開いているんですよ。無駄にお上を刺激することになりませんかね」

「紋太さんの言うのも、もっともだけど……でも今回の摘発には大峰さまが関係してる気がしてならないわ。だって、あまりに不自然だもの」

釈然としないように、松子は眉根を寄せた。

「そこだな、今回の肝《きも》は」

京四郎は断じた。

「そりゃ、どういうことが考えられますかね」

豆蔵は興味を抱いたようで、鷲鼻をひくひくと蠢《うごめ》かせた。

「おそらく、大峰屋敷で賭場を開くにあたり、界隈の他の賭場を潰して上客を独占するつもりなのではないか」

京四郎の言葉に、松子は深くうなずいた。

「独占……なるほど」

「そういうことですか」

豆蔵も紋太も納得したようだ。

「なんだかおもしろそうな筋立てですね」

さっそく勘が働いてきたようで、松子は生き生きとした表情となった。

「まったく、懲りない奴め」

けっしてけなしているわけではなく、じつのところ京四郎は、こういったときの松子の読売屋魂に深く感じ入ることが多かった。

「さて、おもしろい記事が書けそうですよ」

松子は目を輝かせた。

六

如月十五日の昼、京四郎は五兵衛とともに、大峰屋敷を訪れた。門番は、五兵衛はすんなりと通そうとしたものの、京四郎には警戒の目を向けた。

片身替わりの華麗な装いは、武士とも役者とも判断がつかない様子だ。

「こちらは、手前の大事なお得意さまです。殿さまから賭場に客を紹介しろ、と命じられましたのでな。お連れしました」

やわらかな物腰で五兵衛が言うと、門番は素直に受け入れた。

「あんた、信用あるな」

京四郎が褒めると、

「嘘は吐きませんので」

短く五兵衛は返した。

五兵衛の案内で、京四郎は御殿の裏手にある新造の建屋に到った。屋根瓦が新しく葺かれ、なかなかに立派な建物である。

中に入ると、すぐに帳場になっていた。

「いらっしゃいまし」

博徒《ばくと》が五兵衛を迎えた。

「あたしはやらないよ。その代わり、こちらが遊びなさる。徳田さまとおっしゃってね。こういう場だからね、ご身分は伏せておくよ」

五兵衛に紹介され、京四郎は帳場で駒札を用意させた。

「おいくら用立てましょう」

博徒に問われ、

「百両だ」

すかさず京四郎は、小判で百両を出す。

二十五両入りの紙包み、すなわち切り餅四つである。

小西屋敷の賭場が潰され、種銭の目処が立たなくなった。

しかたなく、松子が拝み倒さんばかりに頼みこみ、五兵衛がしぶしぶ用立ててくれたのだった。

「こりゃ、豪気《ごうぎ》なお侍さまだ」

上客と思ったか、博徒は愛想よく百両分の駒札を用意した。

「ごゆっくりお遊びください」

博徒たちは声をそろえ、京四郎を見送った。


畳を並べ、白布で覆《おお》った盆茣蓙《ぼんござ》のまわりには、裕福そうな商人や僧侶などが座っている。ひと勝負に賭け金一両以上とあって、さすがの分限者たちも熱くなり、まさに鉄火場《てっかば》と化していた。

「膝《ひざ》を送ってくれ」

真ん中に座る場所を確保し、京四郎はどっかとあぐらをかいた。いきなり大きな態度の京四郎に、不快の目を向ける者もいたが、華麗な装いに圧倒されたのか、誰も口には出さない。

五兵衛は京四郎の斜《なな》め後ろに控え、勝負には加わらなかった。

態度同様、京四郎の賭けっぷりは大胆だった。十両、二十両を平然と賭けて、しかも勝ち続けた。

生来《せいらい》の勝負強さなのか、はたまた高貴な血のなせる業《わざ》か。いずれにしろ、後ろで控える五兵衛は、京四郎以上に賭けの推移《すいい》に一喜一憂し、駒札が溜まっていくと安堵の息をついた。これで、百両はまず間違いなく返してもらえるだろう。

たちまちにして周囲の羨望《せんぼう》と尊敬の視線を集め、京四郎は別室で酒を振る舞われることになった。


用意された酒や料理を楽しみつつ、京四郎は博徒に、

「賭場をあずかっている寅太郎を呼べ」

と、当然のように命じた。

博徒は戸惑いながらも、

「早くしろ」

京四郎に急《せ》かされると、気圧《けお》されたのか、そそくさと出ていった。

ややあって、ひとりの男が入ってきた。

縞柄《しまがら》の小袖を着流した大柄な男だ。両袖をまくり、襟元をはだけているのは、自慢の彫物を誇示するためのようだ。いかつい顔つきと相まって、いかにも臥煙を束ねる荒くれ者の頭《かしら》といった風情《ふぜい》である。

「お侍、あっしになにか御用で」

寅太郎は凄《すご》みを利かせるように、大きな目を凝らして太い眉をつりあげた。

「用があるのは、あんたの弟だ。熊次郎に会いたい」

淡々と京四郎は返す。

「熊の野郎に、どんな話があるんですか」

「あんたに言う必要はないさ。いいから早く熊次郎を呼べ」

ぶっきらぼうに京四郎に言われ、寅太郎はむっとしたが、五兵衛が小判一両を手渡すと、にんまり笑って、

「お待ちください」

と、部屋から出ていった。

ほどなくして若い男がやってきて、熊次郎だと名乗った。名前とは裏腹に、細《ほそ》面《おもて》の男前である。紋太が言っていたように、役者でも通じるかもしれない。寅太郎と似ていないのは腹違いなのだろうか。

まあ、そんなことはどうでもよいか、と、京四郎はよけいな詮索《せんさく》はしないことにした。

「あたしになにか用があるんで」

熊次郎は、京四郎と五兵衛を交互に見た。声音も優しげで、なんとも心地よい響きである。

「おまえ、小西さんの屋敷に奉公していたんだろう」

まずは京四郎が問いかけた。

「おりましたが……」

答えてから、それがどうした、という目をした。

「どうして辞めたのだ」

「それは……」

口ごもった熊次郎に、京四郎はにんまりとした。

「言いづらそうだな」

「そうですね、答えたくはないです……お侍さまは、どうしてそんなことをお尋ねになるんですか」

いよいよ熊次郎は、不審と警戒心を湧きあがらせていた。

徳田だ、と名乗ってから、

「小西さんとは懇意にしておってな。突然、渡り中間が居なくなったと言って、困っておるのだ。もちろん、大切な金三百両がなくなったこともな」

と、熊次郎を見据《みす》えた。

途端《とたん》に、熊次郎の視線が彷徨《さまよ》った。

「金は、殿さま盗人の寅吉が盗んだって耳にしましたがね」

声を上《うわ》ずらせて、なんとか熊次郎は返した。

「寅吉の仕業か……おれもそんな噂を聞いたよ。というか、読売で読んだ。で、おまえが姿を消したのは、どうしてなんだ。中間頭の紋太にも告げずに」

さらに京四郎は踏みこんだ。

「そりゃ、頭には迷惑をかけたくなかったんですよ」

「そもそも、おまえがいなくなったのが迷惑だろう」

京四郎が指摘すると、熊次郎は口をへの字に引き結んだ。京四郎は、五兵衛に目配せをする。

「手前はそろそろ」

と、腰をあげて、五兵衛は部屋を出ていった。

「あたしも」

一緒に熊次郎も出ていこうとしたところで、京四郎は強引に引き止めた。

「まあ、一杯飲め」

湯呑《ゆのみ》になみなみと酒を注ぎ、熊次郎に手渡す。しぶしぶ熊次郎は受け取ると、ひと口飲んだ。

「おいおい、そんなちびちび飲むなよ。それとも、不味いか」

京四郎が問いかけると、

「いいえ、上方《かみがた》からの上等な下《くだ》り酒ですからね。滅多に口に入るもんじゃござんせんや」

「なら、飲め。遠慮するな」

京四郎に強く勧められ、

「では、遠慮なく」

ぺこりと頭をさげると、熊次郎はごくごくと咽喉《のど》を鳴らしながら飲んだ。よほど緊張していたのかもしれない。

「いい飲みっぷりじゃないか」

すかさず、京四郎はお替わりを注ぐ。酒が気を大きくしたのか、熊次郎は美味

そうに半分ほど飲んでから、

「こいつはいけねえ」

と、今度は京四郎に酌をした。

「おっと、いけね」

空になった徳利《とっくり》を手に、熊次郎は酒の追加まで頼みはじめる。

もはや、すっかりとほろ酔い加減になった熊次郎は、

「徳田さまは、あたしが寅吉だってお疑いなんじゃござんせんか」

と、呂律《ろれつ》が怪しくなった口調で問いかけた。

「疑っているなんてものじゃない。おまえが寅吉、もしくは寅吉の仲間だと確信しているさ」

堂々と京四郎は言いたてた。

「……また、ご冗談を」

熊次郎は目元を赤らめながら返す。

「あんまりにも都合がよすぎるじゃないか。三百両が盗みだされた日の翌朝に、おまえは姿を消したんだ」

追及しながらも、京四郎はにんまりとした笑みを浮かべた。

熊次郎はしばし無言となって、酒をぐびりと飲んだ。

「腹を割れ」

京四郎は言った。

「あっしじゃありませんよ」

つぶやくように熊次郎は言った。

「おれはな、なにもおまえを奉行所に突きだそうっていうんじゃないさ。ただ、三百両を返しさえすればいいんだ……しかし、そうもいくまい。おまえは盗んだ金を、大峰に差しだしたんだろう」

京四郎の問いかけに、

「違いますって！」

熊次郎は声を大きくした。

「往生際が悪いな」

「……信じてくださいよ」

「ならば、力づくで答えてもらうことになるぞ。せいぜい、おれがおとなしくしているうちに白状するんだな」

そこで京四郎は、笑みをすうっと消した。

それでも熊次郎は認めようとしない。

「しかたがないな」

突然、京四郎は熊次郎の腕を取り、捩《ねじ》りあげた。

「い、痛え……」

情けない声をあげる熊次郎に、

「白状しないと、もっと痛くしてやるぞ」

野太い声で京四郎は語りかける。熊次郎の形相が、苦痛に歪む。

そこへ、

「遅くなりました」

と、酒の追加が届いた。

京四郎が腕を放すと、即座に熊次郎は部屋から出ていった。

「なにか粗相《そそう》がありましたか」

問うてきた博徒に、

「いや、なんでもない」

京四郎は徳利を受け取り、湯呑に注いだ。

熊次郎は、頑《がん》として三百両を盗んだことを認めなかった。果たして、嘘かまことか……。

寅吉が三百両を盗んだ翌日、熊次郎が小西屋敷から逃げるようにいなくなったのは事実だ。

どうにも判然としない。

七

賭場を出た京四郎であったが、このまま帰るのはどうも釈然としなかった。

熊次郎が寅吉ないし寅吉の仲間ではないとすると、大峰は寅吉の黒幕ではない、ということとか……。

なんとも判断がつかないまま、京四郎は屋敷の敷地を出ようとする。

すると、武士が近づいてきて、

「畏れ入りますが、殿がお呼びでございます」

と、頭をさげた。

大峰勘解由が会いたいということは、おそらく寅吉絡みであろう。

「よかろう」

京四郎は家臣の案内で、御殿に向かった。

居間で京四郎は大峰と対面した。

大峰は肥え太った中年男であった。ぶくぶくとした身体つきは、定火消として火事現場での指揮を執るにはふさわしくない。武芸の鍛錬《たんれん》を怠《おこた》っているようだ。

「貴殿、ずいぶんと景気よく遊んでくれたようだな」

大峰の言葉に、京四郎は笑った。

「多少、稼がせてもらったよ」

「千寿屋五兵衛と一緒に来たそうだな」

大峰は問いを重ねた。

「なんだい、ずいぶんと詮索をしてくれるじゃないか」

「詮索と言うより、興味を抱いたのだ。そなた、旗本か」

しげしげと、大峰は片身替わりの華麗な小袖を見た。

「天下の素浪人だ」

胸を張り、京四郎は答える。

「ふん、よくも浪人が、百両もの大金を持って遊べるな」

「よけいなお世話だ」

「それはそうじゃが……千寿屋と一緒ということは、そなた、五兵衛から金を借りておるのか」

「なにを勘繰《かんぐ》っているのかは知らんが、借りていようがいまいが、あんたとは関係ないだろう」

「五兵衛の信頼を得るとは、たいした浪人であるな」

「そういやあ、あんた、急に羽振りがよくなったってな。その羽振りのよさっていうのは、賭場なんだろう。上客が通っているじゃないか」

臆することなく、京四郎は言った。

「そうだ。賭場を開帳しているのは、けっして褒められたものではないが……それを批難しようというのか」

「そんなことはしないさ。実際、おれも遊んだんだからな。おれが気になるのは、あんた自身のことだ。あんた、殿さま盗人寅吉の元締めだな」

ずばり、京四郎は切りこんだ。

一瞬、表情を強張《こわば》らせたあと、

「なにを申すか。浪人の分際で」

大峰はいきりたった。

「浪人で悪かったな」

からかうように、京四郎は顔を突きだす。

「言葉を撤回せねば、わしにも考えがあるぞ」

「ほう、そりゃ、おもしろいな」

小馬鹿にしたように、京四郎はにんまりと笑った。

「おのれ」

腰をあげようとした大峰だったが、肥満が災いしてかすぐには立てない。それでも、よっこらしょ、とよろめきながら、やっとのことで立ちあがり、座敷から濡れ縁に出て叫んだ。

「出会え！」

京四郎も座敷を出ると、悠然《ゆうぜん》と濡れ縁に立つ。

ほどなくして、家臣たちが殺到した。

「一、二、三……なんだ六人か。暴れ甲斐《がい》がないじゃないか」

京四郎が笑うと、大峰はますますいきりたった。

「おのれ」

「いいぜ、相手になってやる」

庭におりたった京四郎の前に、侍たちが立ちはだかる。

「あんたら、本気でやる気かい」

侍たちはお互いの顔を見あわせる。その自信なさげな態度に、

「やりたくないと思っているようだな。殿さん、家来たちは嫌がっているよ」

からかいの言葉を、京四郎は投げかけた。

「黙れ、浪人」

大峰はむきになって両目をかっと見開き、家来たちをけしかける。

京四郎は、大刀を抜き放った。今日は村正ではない。

それでも、片身替わりの華麗な小袖を着流した正体不明の浪人が、真剣を振りかざす姿は、威圧するに十分である。

家来たちは顔を引きつらせ、お互いの動きを見定めている。殿さまが武芸鍛錬を怠っているとあっては、武芸自慢の家来はいないようだ。

「たあ！」

大音声を発して、大刀を二度、三度、振りまわした。

それだけで、彼らは及び腰となった。

「だらしない奴らめ」

大峰の言葉を受け、やっとのことで家来のひとりが自棄《やけ》気味に飛びだした。破れかぶれなのは、目をつむっていることからして明白だ。

京四郎は、下段から大刀を斬りあげた。家来の刃と交錯《こうさく》し、敵の刀を宙に舞わせる。刀を失った家来は膝からくずおれ、わなわなと震える。

それを見た残りの家来たちは、すっかりと怖気《おじけ》づいてしまった。

「ええい、情けない」

埒《らち》が明かないと見たか、大峰は家来に臥煙を呼びにいかせた。

すぐに、寅太郎を先頭に臥煙たちが姿を見せる。鳶口《とびぐち》を手にする者もおり、袖からのぞく腕には彫物が入っている。

「不逞《ふてい》の浪人を叩きのめせ」

大峰が命じると、

「なんだ、賭場にいた態度のでかい侍じゃねえか。なにしに来たかと思ったら、殿さまに害を及ぼす悪党だったんだな。ぶっ殺してやるぜ！」

寅太郎は京四郎に怒声を浴びせた。

臥煙たちは俄然《がぜん》、張りきった。みな、命知らずの荒くれ者である。

「こりゃ、大勢集まったもんだな」

人数を数えるのも煩《わずら》わしい。ざっと見て、五十人はいそうだ。さすがにこれほどの大勢となると、秘剣は使えない。

京四郎は、濡れ縁の脇にある戸袋《とぶくろ》の前に立った。背後にまわられないようにしたのだ。

「野郎！」

ふたりが鳶口を手に挑みかかってきた。

さっと身をかわすと、鳶口が戸袋に刺さった。京四郎はふたりの首筋に峰討ちを食らわせた。相手は、ばったりと倒れる。

それでも、臥煙たちは怯《ひる》むことはない。それどころか、闘志を掻きたたせ、京四郎への敵意をむきだしにした。

寅太郎が先頭となり、京四郎に向かってひたひたと迫ってゆく。

真ん中の敵を何人か斬り捨て、突破口を開こう……と京四郎は腰を落とし、敵の動きを見定めた。

すると、半鐘が打ち鳴らされる音が聞こえた。しかも早鐘である。

「火事だぜ！」

寅太郎が怒鳴ると、臥煙たちは浮足立った。

その間にも、早鐘の音がけたたましく響く。

「さあ、どうする。町火消に先を越されるぞ」

京四郎が町火消を持ちだして、臥煙たちの対抗意識を煽《あお》ると、

「行くぜ」

寅太郎は臥煙たちを引き連れて、火消しの準備に取りかかりはじめた。大峰も定火消の役目を怠っては重い咎《とが》めを受けるとあって、あわてて御殿の奥に引っこんだ。

京四郎は、戸袋に刺さったままの鳶口を引き抜いた。

がらんとした庭を横切り、金蔵に向かった。


金蔵の前に立つと、引き戸を鳶口で壊しはじめた。

がんがんと何度か叩き、戸が壊れたところで思いきり体当たりした。戸が倒れ、中に身を入れる。ずらりと、銭函と千両箱が積んであった。

そばに寄り、蓋を開けて中をあらためる。

むきだしの小判ではなく、二十五両ずつ紙で包んだ切り餅が収納してある。い

くつか切り餅をつまみだした。小判を封印した紙には、寅吉一味が盗み入った大名、旗本の家名が記してあった。

殿さま盗人寅吉は、大峰屋敷に奉公する渡り中間か臥煙に違いない。大峰勘解由が、寅吉一味の元締めだということもはっきりした。

火消屋敷から大峰勘解由以下、与力、同心、臥煙たちが出動してゆく。ところが、火元がわからないようで混乱を極めた。

どさくさにまぎれて、豆蔵と紋太が姿を見せる。ふたりは、にやにやとしていた。

「とっとと退散しましょうぜ」

豆蔵は言った。

「さては……」

京四郎はにんまりとする。

早鐘は、豆蔵と紋太の仕業であった。ふたりは屋敷に設けてある火の見櫓にのぼって、半鐘を打ち鳴らしたのだった。

京四郎は、大峰勘解由が殿さま盗人寅吉を操っていた証拠となる切り餅を三つ、懐に入れ、豆蔵、紋太とともに金蔵を出た。

と、そこに熊次郎がいた。

臥煙として半人前のため、寅太郎から金蔵を見張るよう命じられたそうだ。

「熊次郎、おまえ、やはり小西屋敷から三百両を盗んだな」

京四郎は目を凝らす。

豆蔵と紋太は、熊次郎が逃げないよう背後を固めた。

「徳田さま、しつこいですぜ。あたしは金を盗んでいません。信じてください」

必死に熊次郎は言いたてた。

「この期に及んでとぼけるのかい」

紋太が責めたてると、熊次郎は半泣き顔になる。

「頭《かしら》まであたしのこと、信じてくれねえんですかい」

「信じろっていうほうが無理ってもんだろう」

うなだれる熊次郎に、

「もう腹を割れよ」

一転して京四郎は、優しげに言いたてた。

「そもそも殿さま盗人の寅吉は、小西屋敷に盗みに入っていないのだろう」

その言葉を聞き、熊次郎ではなく紋太が目を見開いた。

「な、なにを言ってるんですか。そんなことはありませんよ」

必死に言いたてる紋太に、

「いいや、殿さま盗人寅吉一味は、盗みに入っていないんだ。小西屋敷の事件には関係ない」

もう一度、京四郎は繰り返した。

「実際、三百両もの金が、金蔵から盗みだされていたじゃござんせんか。それに、寅吉の書付が残っていましたぜ」

口角泡《こうかくあわ》を飛ばさんばかりに、紋太は主張する。

「これだな」

京四郎は懐から、書付を取りだして広げた。

虎の絵が描かれている。

続いて、

「これらも寅吉の書付だ」

と、盗みに入った武家屋敷に残された、寅吉の書付を並べた。

特徴的なのは尻尾が立っていることだ。当然ながら、小西屋敷の金蔵に残された書付の虎も、尻尾が立っている。

どちらの絵も、比べてみると微妙に絵柄が違っているが、そろって尻尾の立っていることは共通であった。

「虎の絵すべてを同じ者が描いたんじゃないようだが、問題はそこじゃない。尻尾を立てているのが、寅吉の仕業だという印ってことだな」

京四郎の言葉に、紋太は大きくうなずく。

「だから、ほら、小西さまの御屋敷に残されていた書付の虎も、尻尾が立っているじゃありやせんか。ということはですよ、三百両を盗んだのは寅吉一味ということです。なあ、熊次郎、いいかげん認めろよ」

一転して、紋太は熊次郎に詰め寄った。

熊次郎は苦渋の色を深め、

「……その書付を描いたのは、たしかにあたしです」

と、微妙な言いまわしをした。

「ほうら、やっぱりこいつの仕業だ」

我が意を得たように、紋太は胸を張った。

「絵はあたしが描きましたが、三百両は盗んでません」

絞りだすような熊次郎の言葉に、紋太は顔をしかめる。

「おめえって野郎は、とことん往生際の悪い男だな」

次いで、

「どこまでも、しらを切るつもりのようですぜ。こんな奴、付き合いきれませんや。もう、奉行所に任せましょう」

もてあましたように、紋太が豆蔵を見た。

「親分、こいつをお縄にしてくださいな」

「おやすい御用だ」

ふたつ返事で、豆蔵は熊次郎に詰め寄ろうとする。

「まあ、待て」

と、京四郎が止めた。

「徳田さま……いくら、こいつと話したって埒《らち》が明きませんぜ」

もう、うんざりだ、と紋太が吐き捨てた。

すると熊次郎は、

「わかりました。親分、行きましょう。あたしがやりました」

と、一転して自分の罪を認めるではないか。

その表情は、なぜか晴れ晴れとしている。

紋太が、にんまりと笑った。

「やっと認めやがったな。なら、親分、お願いしますよ」

熊次郎は、豆蔵に縄を打たれて去っていった。


三日後、京四郎は小西に呼ばれた。

「三百両は取り返せなかったのでござるか」

屋敷の居間に通されるなり、小西は残念そうに唇を噛んだ。

「取り返すもなにも、寅吉一味は盗んじゃいなかったぜ」

こともなげに、京四郎は言った。

「そんな馬鹿な。徳田殿、それでは、わたしが嘘を吐いたと……狂言を演じたのだと、そう言いたいのですか」

むっとした表情を浮かべた小西に、京四郎は笑って手を振った。

「いやいや、そうは言っていないよ。あんたが三百両を盗まれたのは本当だろうよ。問題は、それが寅吉一味の仕業だと、あんたが信じて疑わなかったことさ」

小西は京四郎の言葉の意図《いと》が読めず、戸惑いの表情となった。

「徳田殿、真相を申してくだされ」

頭をさげた小西に、

「自分で気づくべきだな。おれは関係なかろう」

面倒くさそうな口調で言い捨て、京四郎は立ちあがった。

「お待ちくだされ」

あわてて小西も腰をあげる。京四郎が大きく息をついた。

「……ついてきな」

ぶっきらぼうに言い放つと、京四郎は歩きだした。


小西を連れてやってきたのは、金蔵であった。京四郎に言われて、小西が鍵で南京錠を開ける。

中は、以前入ったときと変わらない。

「徳田殿、なにがおっしゃりたいのですか。腹を割ってくだされ」

懇願《こんがん》するように小西は言った。

「小西殿、着物を見るんだな」

京四郎は、衣紋掛けに掛けてある小袖を指差した。

「これは……以前も申したとおり、妻道代の贅沢でござるよ」

吐き捨てるように小西は言い、小袖には目もくれない。

「小間物も、値が張りそうな品ばかりだぜ」

京四郎が言葉を重ねると、

「道代の放蕩《ほうとう》でござるよ」

うんざりした顔で、京四郎が苦笑する。

そのさまを見て、小西は返した。

「やはり、あんたは関心がないのだろうな。これらは、買うとなれば大変な金額だよ。まあ、見たところ、三百両にはなるか」

「それはいったい、どういう意味でござるか」

小西は訝《いぶか》しんだ。

「三百両は、着物と小間物に消えたのさ」

「すると……三百両は妻が使ったのでござるか」

唖然として、小西は口を半開きにした。

「そういうことだ。奥方ならこの金蔵の出入りも自由だろう」

「しかし、寅吉の……書付が残されていた。あれは本物だった」

「あれを描いたのは熊次郎だよ。兄貴の寅太郎に、本物の寅吉の書付を見せてもらったんだろうさ」

「熊次郎は、盗んでもいないのに寅吉一味を装《よそお》ったのか……」

「そういうことだ」

「なぜ、そんなことを……」

問いかけながらも、小西は答えが頭に浮かんだようで、はっとした。

「そうか、道代は熊次郎と、不義密通に及んでいたのか……」

小西は天を仰いで絶句した。

「おそらく、そんなところだろう。熊次郎は男前だ。役者顔負けのな」

淡々と京四郎は語った。

「道代は芝居好き、男前好きだ。それで熊次郎か……」

小西は膝からくずおれた。

「熊次郎は、奥方とのことは口を割らなかったよ。あいつなりの筋を通したんだろう」

京四郎の推量を聞き、

「なんと」

小西は呻《うめ》いた。

「このままだと熊次郎は、三百両を盗んだ罪で裁かれるな。十両盗んだら首が飛ぶって言われているんだ。あいつ、打ち首だぜ」

京四郎は独り言のように語った。

「徳田殿……わたしはどうすれば……」

「さあて、おれに訊かれてもな。自分で考えな。奥方と一緒に考えるって手もあるぜ」

突き放した物言いの京四郎に、

「そうですな」

小西は考えこんでしまう。

「独り者のおれが言うのもなんだが、あんた、亭主として奥方を見ていたか。奥方のことを気にかけていたか。どんな着物を買おうが小間物を買おうが、見向きもしなかったんじゃないのか」

京四郎の言葉に、小西はうなだれた。

「頭ごなしに責めたてないほうがいいって思うけどな」

珍しく京四郎は、説教めいた物言いをした。

「……そうですな。わたしも、いや、わたしは、あまりに妻に対して無神経だったかもしれません」

はっとしたように、小西は返した。

その顔は、心なしか晴れやかだ。

「じゃあな」

京四郎は金蔵を出ていった。

「かたじけない」

その背を見送りながら、小西は深々と頭をさげた。

大峰勘解由は、殿さま盗人寅吉一味の元締めだとあきらかになり切腹、御家は改易《かいえき》に処せられた。寅吉一味に加わった寅太郎と数人の臥煙たちは、そろって打ち首となった。

一味の盗み働きには直接加わっていなかった熊次郎だったが、小西屋敷から三百両を盗んだ罪を問われた。

しかしそこで、当家からは金子は盗まれていなかった、と小西健吾が奉行所に言いたてた。別の土蔵に仕舞っていたところ、すっかり勘違いした、と熊次郎をかばったのである。

このため、熊次郎は解き放たれた。

渡り中間はやめ、臥煙になるそうだ。

一件が落着し、京四郎は紋太の招きで闇鍋を馳走された。

だが、けっして美味いものではなく、京四郎は早々に引きあげてしまった。

せっかくの頑張りが無駄になった、と嘆く京四郎を見て、松子は行かなくてよかった、と胸を撫でおろしたのだった。

第三話　かどわかし騒動

一

弥生一日、江戸は桜満開である。

やわらかな日差しに穏やかな風は、春爛漫《はるらんまん》を感じさせる。

昼になり、徳川京四郎は池之端にある夢殿屋を訪れた。

左半身には薄桃色地に牡丹の花が描かれ、右半身は浅葱《あさぎ》色地に桜と鶯《うぐいす》が極彩色の紋様となっている。儒者髷に結った髪からは鬢付け油が匂いたち、京四郎の華麗な装いは春の華やぎを象徴しているかのようだった。

夢殿屋に足を踏み入れると、松子が近づいてきた。

松子は白地に桜吹雪を描いた小袖《こそで》に紫の袴《はかま》、春風になびく洗い髪を手で整えてから、

「南町奉行所の与力さまがいらしているんです。京四郎さまに頼み事があるそうですよ」

と、小声で言った。

京四郎はうなずくと、奥の居間に向かった。当然のように松子もついてくる。

居間に入ると、中年の武士が京四郎に平伏をした。値の張りそうな羽織《はおり》、袴を身につけた、品格ある武士だ。

町奉行所の与力は羽振りがいい。大店《おおだな》の商人からの付け届けばかりか、藩士が町人といさかいを起こした際、穏便に済ましてくれるよう誼《よしみ》を通じるための贈答品が、各藩から送られてくるからだ。

「南町奉行所の片山左門《かたやまさもん》と申します。かねがね御奉行より、徳田さまの高名はうけたまわっております」

穏やかな物言いで、片山は言いたてた。丸い顔に小太りの体格と相まって、いかにも温厚そうな人柄である。

御奉行とは、大岡越前守忠相である。以前、京四郎は、大岡の依頼である事件を落着に導《みちび》いたことがあった。

「堅苦しい挨拶はそれくらいにしてくれ。それで、おれにどんな用向きなんだ」

ざっくばらんに京四郎は問いかけた。

片山は一礼してから、話しはじめた。

「芝三島町《しばみしまちょう》に店をかまえる呉服屋・奥州屋《おうしゅうや》の主《あるじ》、栄五郎《えいごろう》から、ある知らせを受けました。なんでも、娘のお鶴《つる》がかどわかされたそうなのです」

松子は「まあ……」とつぶやいてから、口を手で押さえた。

京四郎は黙って、話の続きをうながす。

「つきましては、栄五郎は徳田さまに助けていただきたいそうなのです」

「おれに……どういうこった」

京四郎は首を捻った。

「下手人から、町奉行所に訴えたらお鶴の命はない、という書付が届きました」

「だが実際、栄五郎はあんたに、お鶴の一件を話したんだろう」

「脅しの書付の前に、栄五郎はわたしに文を寄越したのです。その後、件《くだん》の文が届いたそうでして」

娘をかどわかされた栄五郎は、動揺のあまり、ただちに片山に文を出した。

しかしその後、下手人から、町奉行所に報せたらお鶴の命はない、という文が届き、あわてて片山に経緯《いきさつ》を説明したらしい。

「奉行所の代わり、と申しては失礼ですが……栄五郎は、ぜひとも徳田京四郎さまの助けを貸していただきたい、と文にて申したのです」

栄五郎は天下無敵の素浪人、徳田京四郎の盛名を知っており、娘の誘拐という大事出来《だいじしゅったい》に際して、頼るべきお方と思ったようだ。

「まことに勝手なお願いですが、町奉行所に代わって、奥州屋までご足労願えませぬか」

片山は半身を乗りだした。

「わかった。ひと肌脱ごう」

即座に京四郎は引き受けた。

誘拐という凶悪犯への怒りに加え、頼られたことに対する責任を感じたのだ。

「下手人は町奉行所が本当にかかわらないか、奥州屋を見張っているかもしれんな。おれは町奉行所の役人に見えないだろうが念のため、松子をともなおう。女連れの異様ないで立ちの侍なら、役人とは思われないだろうよ」

京四郎は、華麗な片身替わりの小袖を片山に示す。

返事に窮《きゅう》したように、片山は口を閉ざした。

京四郎は松子をともない、芝三島町にある奥州屋にやってきた。日本橋の越後屋《えちごや》には及ばないが、間口七間の堂々たる店構えだ。この大店を、主の栄五郎は一代で築いたという。

松子が手代のひとりをつかまえると、すぐに店の奥に導かれた。土間を隔《へだ》てて小上がりになった畳敷きの店が広がり、手代たちが色とりどりの反物《たんもの》を手に客とやりとりをしている。店内には、日常の光景が繰り広げられていた。

栄五郎を探し求めたが、それらしき者はいない。

手代から「奥でございます」と耳元でささやかれ、通り土間を進むと、裏手にある座敷に通された。松子は土間で控《ひか》えて、すぐに、栄五郎と思われる中年の男が姿を見せた。

「わざわざ、ご足労をおかけしました」

呉服の商いをしているからか、栄五郎は京四郎の小袖に興味深そうな視線を向けたが、すぐに表情を引きしめた。

およそ、一代で店を築いたやり手には見えない。といって、娘がさらわれたのだから、しおれて見えるというのではない。

色白で面長《おもなが》の顔、眉は薄く目は穏やかで鼻筋が通っている。物腰もやわらかなのだが、それがむしろ商人というよりは、稽古事の師匠のような雰囲気を漂《ただよ》わせていた。

「娘がさらわれたとか」

時間が惜しいと思ったか、すぐに京四郎が確かめた。

「はい、今朝にこれが届きました」

栄五郎は、一通の書状を取りだした。

書状には、娘はあずかった、返してほしかったら今日の暮れ六つ（午後六時）、

芝西久保町、天徳寺《てんとくじ》の山門まで金五百両を持参せよ、とあった。

「五百両か、大金だな」

京四郎が言うと、

「なんとか用立てはできます」

落ち着いた表情の奥に、娘の身を気遣う父親の顔が読み取れた。

「そして、片山さまに文を出したすぐあとに、もう一通、書付が届いたのです」

さきほどの話どおり、そこには、町奉行所に訴えたらお鶴の命はないという旨《むね》

が記されていた。

なぜ一通にまとめなかったのだろうか。もしかすると、下手人も誘拐という重

罪に緊張し、相当にあわてていたのかもしれない。

「いくつか、聞きたいことがある」

京四郎の言葉に、栄五郎は深くうなずいた。松子が矢立から筆を取り、腰にさげた帳面を広げた。次いで、ひとことも聞き漏らすまいというかのように、真剣な顔つきとなる。

京四郎は問いかけをはじめた。

「かどわかされた娘……お鶴といったか、歳はいくつだ」

「十でございます」

「かどかわしの経緯を聞きたい」

「はい、まずは寺子屋から報せが入りました」

お鶴は、隣町の宇田川町にある寺子屋に通っている。

毎朝、五つ半（午前九時）に家を出ており、今日も例外ではなかった。

「ところがそれから一時ほど経って、師匠の三木《みき》先生から、お鶴が寺子屋に来ていないが、具合でも悪いのか、と報せがまいったのです」

ここに至り、栄五郎は顔を悲痛に歪《ゆが》めた。

「すると、お鶴は家から寺子屋に向かう道すがらにさらわれたということだな」

「そうだと思います」

「下手人は、日頃のお鶴のおこないをよく知っているってことか……あるいは、よく調べたとみえるな」

「徳田さまを頼りましたのは、くどいようですが、下手人の捕縛よりも、お鶴が無事に帰ることをいちばんに願っておるからでござります」

栄五郎は、すがるような目で京四郎を見た。

たしかに、いくら京四郎が有名だからといって、下手人をつかまえるだけならば奉行所に頼ったほうが確実であろう。

「おれは天下の素浪人、かどわかしの下手人を捕まえたって、手柄になるわけじゃない。心配するな、お鶴を取り戻してやるさ。ところで、あんたの女房はどうしているのだ」

「三年前に亡くしましてございます」

「そりゃ、よけいなことを聞いたな」

お鶴は、亡き妻との間にできた一粒種《ひとつぶだね》だという。まさに、目に入れても痛くないほどに愛おしいのだろう。

「徳田さま、かならずお鶴をお助けください」

栄五郎は声を上《うわ》ずらせた。

「任せておけ」

安心させるように、京四郎は胸を張った。

「手前は、どのようにすればよろしいのでしょう」

「下手人が報せてきたように、暮れ六つに天徳寺の山門に五百両を持参するんだな」

「わかりました。そのようにいたします」

「下手人は五百両を受け取りに、姿を現すだろう。そこを捕まえるさ」

京四郎の言葉を聞き、栄五郎は不安そうに問い返した。

「そんなことをなさって、お鶴の身に災いが及ばないでしょうか」

「そうならないようにうまくやるさ」

当然のように返したものの、確信があるわけではない。お鶴の命の保証はどこにもないのだ。だが、それを栄五郎に言えば、心配を深めるだけであろう。

「かならずお鶴を無事に取り戻す」

その言葉は、京四郎自身へ言い聞かせるものでもあった。

しばし、重い空気が流れてのち、

「謝礼ですが」

と、栄五郎は切りだした。

依頼が依頼だけに、今回ばかりは京四郎も松子も、謝礼の話を憚《はばか》っていた。

「身代金の一割、五十両をお支払いいたします」

栄五郎のほうから提案する。

思わずといったように松子は筆を握り直し、帳面に五十両と書き留めようとしたが、娘の身を案ずる父親に対して不遜《ふそん》だと、筆を止めた。

さすがの京四郎も、礼金のほかに美味い物を食わせろ、という要求は、いまのところ控えたようである。


京四郎と松子が夢殿屋に戻ると、奥の居間で、南町奉行所与力の片山左門が待っているという。様子が気になり、戻ってきたらしい。

片山は挨拶もそこそこに、かどわかしの詳細を知りたがった。

京四郎の簡単な説明を聞き終えると、

「ここはやはり、捕方を大規模に配置すべきと存じます」

片山が言った。

途端《とたん》に京四郎が、

「さて、それはまずいな。お鶴の身を、だいいちに考えるべきだ。大仰《おおぎょう》に捕方を配置して、下手人に悟られればお鶴の命は危ない」

「下手人を捕らえれば、娘も無事に助けだすことができます」

次いで、片山は言葉足らずと思ったのか、

「山門の周囲に配置するのは、隠密廻《おんみつまわ》り同心にします。彼らは町方の同心には見えません。行商人、棒手振りなどに扮し、町並みに溶けこみます。加えて、行動を起こすのは下手人が姿を現し、栄五郎と言葉を交わしてからとします。それまでは動きません。いかがでしょう」

と、力強く言い添えた。

思案するように、京四郎は腕を組んだ。

下手人が、身代金の受け取り場所である天徳寺の山門にお鶴を連れてくるとはかぎらない。むしろ、来ないと考えるべきだ。

それに、下手人はひとりではなく、複数人の可能性が大きい。となれば仲間のひとりを身代金の受け取りに行かせ、安全な場所にお鶴を隠しておくだろう。

そうなると、京四郎ひとりでは、できることも限られてくる。

やはりここは、隠密廻り同心と協力すべきかもしれない。

彼らは、探索達者だ。身代金を受け取った下手人を尾行し、お鶴の居場所を突き止められるだろう。

それなら、おれの出番はないか、と京四郎は内心で苦笑した。

それもよしだ。

なにより優先すべきは、お鶴の安全。自分の面子《めんつ》や功名心などには、京四郎はまったく興味がなかった。

「よかろう。隠密廻り同心の手配を任せる」

京四郎が受け入れると、

「承知しました」

片山は表情を引きしめ、一礼した。

二

身代金引き渡しの時刻が迫ってくるなか、京四郎と松子は、天徳寺の門前町にある蕎麦屋《そばや》の二階にいた。京四郎は目立たないよう片身替わりの小袖ではなく、地味な紺地無紋の小袖を着込み、動きやすいよう裁着《たっつ》け袴を穿《は》いている。

山門を見おろすことができる、西久保通りに面した店だ。

通りを隔てた履物問屋の二階には、片山がいる。隠密同心が行商人や棒手振りに扮装し、雑踏にまぎれていた。

暮れ六つまでには、まだ四半時ほどの間がある。夕暮れを迎えた門前町は薄ぼんやりとし、家路を急ぐ者、仕事帰りに遊びにいく者たちで満ちていた。

二階は、京四郎と松子以外に人はいない。灯りを落とし、西日が差しこんでいる。客たちは遠ざけられ、往来の賑《にぎ》わいとは別世界の静けさにあった。

階段の軋《きし》む音が耳に入り、奥州屋栄五郎が姿を見せた。地味な黒地の小袖に羽織を重ね、張りつめた表情で京四郎の前に座った。

「よろしくお願いします」

栄五郎は手に風呂敷包みを抱いていた。京四郎が視線を投げると、

「五百両を用意してきました」

栄五郎が包みを開けると、思わず松子が生唾を飲みこんだ。二十五両の紙包みで二十個、すなわち五百両が用意されている。

「これだけの金を一日で集めるとは、さすがは大店だな」

語りかけてから、つまらぬことを口に出したと後悔した。

「容易なことではございませんでした。しかし、お鶴の命には代えられません。貯えを吐きだしました」

答えてから栄五郎は落ち着かない様子で、

「あの、わたくしはどのようにすれば……」

「暮れ六つになったら、山門に行けばいい」

「下手人はお鶴を返してくれますよね……」

栄五郎は不安を、顔にも声にも表した。

「大丈夫だ」

安心させるように笑みを送ったが、栄五郎の緊張が解かれるわけもなく、

「手前や五百両よりも、お鶴をお助けください」

「無茶はしないさ」

京四郎が返すと、励ますように松子は言い添えた。

「安心なすってくださいよ。これまで京四郎さまは、さまざまな難事を解決してこられたんですからね」

「どうぞ、よろしくお願い申しあげます」

栄五郎は大事そうに、小判を風呂敷で包んだ。

「では、これで」

「まだ、暮れ六つには時がある。ここにいたほうがいいぜ」

京四郎が引き止めると、

「そうですよ。そんな大金を抱えて、往来を行き来しないほうがいいですよ。掏《す》摸《り》がいるかもしれませんからね」

眼下を見渡せば、いかにも不審者がまぎれていそうな気がする。

京四郎は栄五郎に、茶を勧めた。栄五郎は遠慮したが、沈黙が続くなか、気をまぎらわすように茶碗を手に取った。

その手が震えている。

「雨にならなくてよかったですね」

重苦しい空気を掃《はら》おうとしてか、松子が窓から空を見あげた。日が沈もうとしていて、空は淡く黒ずんでいる。じきに日が落ちたら、下手人の姿を見出すことができるだろうか。

ふと京四郎は気がかりが生じた。

「ところで、このこと、店の者は知っておるのか」

「番頭《ばんとう》の与助《よすけ》だけには話しました。五百両もの大金です。いくら主《あるじ》でも勝手に持ちだすことはできませんから」

栄五郎は風呂敷包みを抱きしめた。

一刻も早く娘を我が手に抱きたいという、父親の切《せつ》なる願いを感じさせる。

やがて、暮れ六つを告げる捨《す》て鐘《がね》が聞こえてきた。

栄五郎は己を叱咤《しった》するように、しっかりとした声音を発して腰をあげた。

「行ってまいります」

「任せろ。大丈夫だぞ」

慰《なぐさ》みにもならないだろうが、そう声をかけずにはいられなかった。


雑踏のなかを縫うように山門に向かう栄五郎の後ろ姿に、視線を凝《こ》らす。

「下手人の奴、いまごろ、この近くにいるんでしょうね」

松子は腕まくりをした。

「じっと息を殺しているだろうよ」

気合いを入れるように、京四郎は自分の頬《ほお》を張った。

暮れ六つの鐘が打ち鳴らされている間に、栄五郎は山門の下に立った。鐘の音とともに、人混みの動きがあわただしくなる。日が落ち、暗くなった空に月が薄っすらと輝いた。

栄五郎は、遠目にも緊張を帯びているようだった。祈るような眼差しで、周囲をきょろきょろと眺めまわしている。

「まだかしら」

見ている松子のほうも苛立《いらだ》ってくる。

「落ち着け」

京四郎は、松子の肩を叩いた。

「ここで見ているだけっていうのは、かえってつらいですね……」

松子の手のひらは、汗に濡れていた。

「もっとつらいのは栄五郎……いや、お鶴当人だ」

京四郎が指摘すると、

「違いありませんね」

反省するように松子はうつむいた。

暮れ六つの鐘が打ち終わった。栄五郎は覚悟を決めたと見え、山門の下で両の足を踏みしめると、微動だにしなくなった。

と、背後で階段を踏みしめる音がしたと思うと、片山が顔を見せた。

「ご苦労さまです」

松子が頭をさげると、

「そのまま」

片山は手で制した。

「そろそろだな」

京四郎は、栄五郎から視線を逸《そ》らさず声をかけた。

「隠密廻り同心は万全です」

片山は、京四郎と松子の間に座った。

「どこです」

亀のように首を伸ばした松子に、

「わからぬであろうな」

片山は心持ち得意げである。

「そうですよね、わかったら隠密じゃありませんものね」

そのとき、山門の近くを駕籠《かご》が通りかかった。栄五郎は避けようとしたが、駕籠は栄五郎に横付けにされた。

「あら」

松子が思わず声をあげた。京四郎も片山も、思わず窓から身を乗りだす。

「まさか、駕籠に乗れということか」

京四郎がつぶやくと同時に、駕籠かきが垂れをめくった。

中から、少女が出てくる。

「あれは……」

松子が素っ頓狂《すっとんきょう》な声を漏らすと、栄五郎が娘を抱きあげた。ここからでも、力一杯、抱きしめていることがわかる。

「お鶴ですな」

片山の目は、周囲に対する警戒を怠《おこた》っていない。

「行くぜ」

京四郎が腰を浮かしたとき、

「ああっ」

松子がまたも声をあげた。

栄五郎の背後から、忍び寄る男がいる。

お鶴を抱きあげた栄五郎は、風呂敷包みを道端に置いていた。男は狙いすましたかのように風呂敷包みをつかむと、門前町の雑踏にまぎれた。

すかさず、松子と片山が階段を駆けおりた。栄五郎はお鶴を抱きながら、なす術《すべ》もなく呆然と男の行方を見送った。

京四郎は窓を越え、屋根瓦の上を走り、往来に向かって、

「どけ、怪我するぞ！」

と、叫びたてた。

人混みが割れ、路面が現れた。そこへ、身を躍《おど》らせる。

着地と同時に、右の足首に衝撃を受け、

「うう」

激痛が身体中を貫《つらぬ》いた。だが、痛みに屈している場合ではない。すぐさま、前方に向かって走りだす。

そこへ、風呂敷包みを奪った男が走ってきた。

「逃がさん」

京四郎が大刀を抜く。

あえて、妖刀村正は腰に差していない。幼い娘を助けるのに、村正はふさわしくない、と思ったのだ。

薄闇に京四郎の剣が、鈍《にぶ》い輝きを放った。男は前につんのめったが、くるりと背を向けると、反対方向に向かって逃走をはじめた。

「待て！」

と、呼び止めたが、それで待つ盗人はいない。

京四郎はあとを追おうとしたが、右足の激痛がそれを許さない。

そこへ、片山と松子が蕎麦屋から飛びだしてきた。

「追え！」

指差す京四郎に、片山は呼び子を鳴らした。音に驚いた人々が、逃げ惑《まど》うように往来の両端に散る。

男の動きが止まった。

行商人と棒手振りが、行く手に立ちはだかったのだ。もちろん彼らは、南町奉行所の隠密廻り同心である。

ふたりは、腰に差していた十手を翳《かざ》した。男は蛇《へび》に睨まれた蛙《かえる》のように動かなくなった。

が、最後のあがきを見せ、同心を避けるように走りだした。

行商人のほうが追いすがり、十手を振りおろすと男の首筋に命中した。

ばったりと、男が往来に倒れた。その拍子に風呂敷包みが落ちて、小判のずっしりとした音が聞こえた。

往来を行く者たちは、降って湧いた捕物劇に足止めを食ったが、男が召し捕えられるに及び、野次馬根性からか歓声をあげた。

「お手柄だな」

京四郎は右足を引きずりながら、そばに寄った。

「よし、引きたてろ」

片山が言うと、棒手振りに扮した隠密が縄を打った。

「堪忍しました」

殊勝《しゆしよう》な声を出した男は、縞柄の着物を着流し、ずんぐりとした体格の冴えない風貌である。

「徳田さま、ご助勢ありがとうございます。あとのことは南町奉行所で対応いたしますので」

片山は深々とお辞儀をし、隠密同心と一緒に男を引きたてていった。

「大丈夫ですか」

労《いたわ》ってくれた松子に、

「大丈夫だ。なんともない」

強がってみせた途端、京四郎は痛みで顔を歪めてしまった。

そこへ、栄五郎がお鶴と一緒にやってきた。

「よかったな」

お鶴の無事な姿を見ると、自然と頬がほころんだ。次いで、道端に落ちた風呂敷包みに目を向ける。松子が拾いあげ、

「お金も無事でしたよ」

と、栄五郎の前に差しだした。

栄五郎は丁寧《ていねい》に腰を折り、

「本当にありがとうございます」

「礼を言われることじゃないさ。だいいち、おれはこのざまで、ろくな働きはできなかったからな」

失笑混じりに、京四郎は言った。

だが栄五郎は、なぜか寂しそうな表情を浮かべている。

「どうした」

「いえ、べつに……」

冴えない顔のままの栄五郎だったが、

「おとっつあん、お腹空いた」

お鶴に言われると、すぐに相好《そうごう》を崩した。

「よしよし、蕎麦でも食べるか」

「うん、食べる」

もう一度深く頭をさげた親子は、街中に向かって去っていった。

夜の帳《とばり》がおり、行く手には蕎麦屋の軒行灯《のきあんどん》の明かりが淡く滲《にじ》んでいる。

「呆気《あっけ》なかったたな」

京四郎の正直な気持ちだった。だが、それはいかにも不謹慎な言葉だと思い、ばつが悪そうに眉をひそめた。

「帰りましょう……と言っても、京四郎さま、歩いて帰れますかね。駕籠を拾いましょうか」

松子が駕籠屋を探そうと、周囲を見まわす。

「不要だ」

「無理は禁物ですよ」

松子の言葉どおり、じつのところ、立っているだけでも痛みがあった。

「わかった、駕籠をつかまえてくれ」

松子は気を利かし、まずは酒が入った五合徳利を二本買ってきた。一本を京四郎に渡し、もう一本は駕籠かきに与えるのだろう。

「こりゃ、妙薬だな」

京四郎は五合徳利を抱きながら、つかまえた駕籠に揺られた。

松子に付き添われて根津権現の屋敷に戻ってみると、不思議なことに痛みが引いていた。

母屋の居間で、

「どうやら治ったようだ」

京四郎は右足を振った。

「きっと、酔っているからですよ」

松子が笑ったように、正座しようとすると、ふたたび痛みがよみがえった。

三

翌日、京四郎は右足を引きずりながら、夢殿屋をのぞいた。不格好なありさまに片身替わりの小袖は似つかわしくない、と黒地無紋の小袖を着流している。ちょうど片山が姿を見せたので、京四郎と松子は奥の居間に入った。

「足のお怪我、大丈夫ですか」

効き目のある膏薬《こうやく》です、と、かすれ声の片山が差しだしてきた。

「心配ないよ」

笑顔を取り繕《つくろ》い、京四郎は膏薬を受け取ると、さっそく右足の患部に貼った。

「徳田さま、無茶をおやりになりますな」

片山は困った表情だ。

「なかなか、いい具合だ。効き目がありそうだぞ」

礼を言ってから、あらためて下手人のことを聞いた。

「あれから近くの番屋で取り調べをおこない、今朝、茅場町《かやばちょう》の大番屋《おおばんや》に移しました。これから本腰を入れた吟味《ぎんみ》をおこないます」

「何者だ」

「丑吉《うしきち》と名乗っております。掏摸だそうですよ」

「ほう。掏摸が、かどわかしなどという、だいそれた悪事を働いたのか」

小首を傾《かし》げた京四郎に、片山は声をひそめた。

「それが……」

その様子を見れば、調べはうまく進んでないことがうかがえた。

「どうした」

「丑吉の奴、自分はやっていないと白《しら》を切っておるのです。頑《がん》として口を割りません」

「だが現に、栄五郎の五百両を盗んで逃げたじゃないか。おかげでおれは屋根から飛びおりる羽目になって、このざまだ」

実際、逃亡犯を逃さないようにと張りきったあげく、このような目に遭ってしまったのだ。盗人猛々《ぬすっとたけだけ》しいとは、まさに丑吉のことだろう。

「風呂敷包みを盗み取ったことは認めております。ですが、自分はそのような大金が入っているなど夢にも思ってもいなかった、たまたまその場に通りかかって目についたので盗んだだけだ……とまあ、こんなことを申したてておりまして」

「とぼけているのか」

「かどわかしなんて、かかわっていない。だいいち、奥州屋栄五郎のことなど知らなかったとも言っております」

「困った奴ですね」

松子が口をはさんだ。

片山は悩ましそうに唇を嚙んでいる。声のかすれ具合からして、よほど大声を出して丑吉を責めたてたのだろう。

「おれに吟味させろ」

当然のように、京四郎は申し出た。

「いや……これ以上、徳田さまの手を煩《わずら》わせるのは」

躊躇《ためら》いを示す片山に、

「任せろと言っているんだ」

強く言葉を重ねると、

「わかりました。では、よろしくお願いいたします」

恭《うやうや》しく片山は頭をさげた。

さっそく京四郎は、松子をともない南茅場町の大番屋に向かった。

途中、松子が口を尖《とが》らせながら言った。

「まったく、往生際が悪いですね。いたいけな子どもをかどわかしただけではなく、罪から逃げおおせようというのですもの。それはそうと、京四郎さまの足は大丈夫ですか」

「そういえば痛みが引いたな。膏薬が効いたのかもな」

我ながら、自分の回復ぶりに驚いた。膏薬のおかげなのか、それとも京四郎自身の身体に、人並み外れた回復力が備わっているのか。

大番屋は、お縄にした罪人を小伝馬町の牢屋敷に送る前に、取り調べをおこない、留置をしておく施設である。捕らえた罪人は自身番から大番屋に送られ、容疑が希薄《きはく》と判断された者は町内預《あず》け、濃厚な者は牢屋敷に送られた。

南町奉行所の同心に松子が素性を語ってから、京四郎を紹介した。片山から聞いているのだろう。同心は京四郎に、深々とお辞儀をした。

「片山さんに聞いたんだが、丑吉とやらは、栄五郎の風呂敷包みを盗んだが中味は知らなかった、お鶴のかどわかしにはいっさいかかわりない、などと申しておるとか」

京四郎の言葉を聞き、同心は不快感がよみがえったのか、顔をしかめてうなずいた。

「丑吉の奴はどうしている」

「牢です。寝ております。まもなく片山さまがいらして、吟味をなさいます」

昨日、片山は、丑吉が精魂《せいこん》尽き果てるまで取り調べをおこなったのだろう。拷問は与力の判断では許されないため、肉体的な責めこそおこなっていないだろうが、さぞやきつい取り調べだったことは間違いない。

「どれ」

京四郎は松子とともに、牢に向かった。格子がはめこまれた薄暗い板敷きのなかに、囚人たちがいる。みな、薄汚れた木綿《もめん》の単衣《ひとえ》を着て目の光を失くし、ぐったりとしていた。

そのなかでも、丑吉の疲労困憊《ひろうこんぱい》ぶりは群《ぐん》を抜いている。

「丑吉さん」

松子が声をかけた。気遣ったのか「さん」付けである。

丑吉はもぞもぞと首だけを動かし、目を向けてきた。

「………丑吉……さん」

松子がもう一度呼ぶと、怯《おび》えたような目で、

「もう、話すことなんかございません」

身体を震わせた。

「取り調べではない」

京四郎が語りかけた。

どうやら丑吉は、京四郎のことをすぐに思いだしたようで、しばし目を凝らすと両目が大きく開かれた。

「あっしを追いかけてきたお侍さまですね。聞いてくださいよ。あっしは、かどわかしなんかやってません」

声を上《うわ》ずらせながら、丑吉は言いたてた。

たしかに、いかにも小悪党といった風情で、掏摸や端金《はしたがね》を盗むのが精一杯のようにも思える。

「落ち着いて話をしろ」

格子にすがるように両手をからませた丑吉を、京四郎はやんわりと諭《さと》した。

「あっし、本当にやっていねえんです」

丑吉は、やつれた顔を悲痛に歪《ゆが》めた。

京四郎は片山を憚《はばか》り、それ以上の言葉をかけることはしなかったが、その目は嘘をついているようには見えない。とすれば、丑吉はお鶴かどわかしとは関係がない、ということになるが……。

だが、それを片山に申したてたとしても、京四郎の意見を受け入れはしないだろう。

京四郎が丑吉に背を向けると、松子が心配そうに、かたわらに寄った。

「丑吉、嘘を吐いているようには見えませんね」

「おまえもそう思うか」

京四郎はささやくと、畳敷きに向かった。自分ばかりか松子も、丑吉の言葉に嘘はないと感じた。このまま見すごすわけにはいかない。

あんな小悪党然とした男に、大店の娘をさらい、主《あるじ》から五百両もの大金をせしめるなどという、だいそれた悪事ができるものだろうか。仮に、丑吉がしでかしたにしても、別に絵図を描いた者がいるのではないか。

関与していたとしても、丑吉はその者に使われただけかもしれない。

疑念は深まるばかりだ。この一件、見かけ以上に、深い真実が横たわっているのかもしれない。

思案しているところへ、片山がやってきた。

「しぶとい奴でしょう」

片山は上目遣いに問いかけてきた。

その顔を見れば、いまだ片山は、丑吉の犯行だと信じて疑っていない。

いま感じている疑念をぶつけたところで、反発されるだけだろう。

「どうであろうな。丑吉に、ぐうの音《ね》も出ない証《あかし》を突きつけてやれば」

京四郎の提案に、片山は目に好奇の色を浮かべて問いを重ねた。

「いかになさいますか」

「お鶴に証言させるんだ。お鶴が丑吉を見て下手人だと言えば、いかに丑吉とて観念するだろう」

「お鶴に……」

片山はつぶやいた。

「これから奥州屋を訪ねる」

京四郎が告げると、

「あたしもご一緒します。女のあたしがついていれば、お鶴ちゃんも話しやすいでしょうから」

　すかさず松子が言い添えた。

「そうですな……わかりました」

　片山は、京四郎の申し出を受け入れた。

四

　京四郎と松子が奥州屋を訪れると、すぐに栄五郎が応対に出てきた。客間で対した栄五郎に、

「無事に戻ってよかったな」

　と、まずは言葉をかけると、

「これも、徳田さまのおかげでございます」

　栄五郎は恭《うやうや》しく頭を垂れた。

「昨日も言ったが、おれは役に立たなかったさ。南町のお手柄だ」

　返してから京四郎は、下手人として捕縛した丑吉が、頑としてお鶴かどわかしを認めないことを言い添えた。

聞かされた栄五郎のほうも、戸惑うばかりだ。

「それでだ、お鶴の話を聞きたいんだ」

京四郎の申し出に、

「さようでございますか……」

栄五郎は躊躇《ためら》いを隠せない。娘が心に負った傷を思っているのだろう。ひょっとして、衝撃を受けて寝込んでいるのではないか。

「お鶴ちゃんが嫌がったら、すぐに止めますから」

松子も頼んだ。

すると、栄五郎は意外な答えをした。

「お鶴は寺子屋に行っておるのです」

「寺子屋に通えるほど元気になったのか」

京四郎は松子と顔を見あわせた。

「はい。わたくしも、今日くらいは休んだらどうかと申したのです。でも、お鶴はどうしても行くと言ってききませんでした。寺子屋のみんなや三木先生に会いたいと。わたくしも、無理に引き止めることはなかろうと許したのです」

栄五郎は笑みをこぼした。

お鶴が元気に戻ってくれた嬉しさを隠せない一方、さすがに事件があった翌日である。寺子屋へは、栄五郎が付き添っていったという。

「これからとうぶん行き帰りは、わたくしが付き添うことにしました」

「それがいい」

「いままで、あまりにもお鶴のことをかまってやらなかったのです。今回のことは、その罰が当たったのだと思います。商いにばかり気を取られておった罰が当たったのです」

栄五郎は商売熱心なあまり、娘に不幸をもたらしたと反省している様子だ。

「ならば、寺子屋に行ってみよう」

京四郎は寺子屋の所在を聞いた。


三木清三《せいぞう》の寺子屋は、宇田川町にある浄土宗寛大寺《かんだいじ》の本堂を借りておこなわれていた。

京四郎と松子は、本堂の階《きざはし》をのぼり濡れ縁に立った。観音扉が開け放たれ、授業の様子をうかがうことができる。

三木清三は歳のころ、三十路《みそじ》には至っていないであろう温厚そうな男だった。

豊かな総髪に、地味な黒の十徳《じっとく》を身に着け、にこにこと笑みをたたえながら手習いを教えていた。

お鶴は他の子どもたちとは離れ、ひとりぽつんと天神机《てんじんづくえ》に向かい習字をしていた。しばらく様子を見ていても、誰とも口をきこうとしない。

かどわかされたことが尾を引いているのだろうかと思っていると、三木が京四郎の姿に目を止めた。

目で軽く会釈をして、子どもたちの間を巡回しながら、ゆっくりと近づいてくる。

「どちらさまですかな」

三木は、やや甲高い声で問いかけてきた。

松子が声の調子を落とし、栄五郎からの依頼で、お鶴かどわかしに尽力した徳田京四郎と読売屋の松子であることを話した。

たちまち三木は恐縮し、

「三木清三です。このたびは、ご面倒をおかけしました」

と、お辞儀をしてから、濡れ縁の端《はし》に立った。

境内《けいだい》は一本桜が花弁を散らし、穏やかな日差しが降りそそいでいる。吹く風に温かみを感じるのは、春の深まりとともに、お鶴が無事に帰ってきた喜びゆえだろう。

京四郎は、下手人として捕らえた丑吉が、いまだかどわかしを否認していることを手短に語った。

三木は顔をしかめ、

「その者の仕業に間違いないのですか」

自信が揺らいでいる京四郎は、視線を泳がせ、

「正直に申して、半信半疑なのだ」

「ほう」

「それで、お鶴の話を聞きたいと思ってな」

京四郎はお鶴を見やった。三木は厳しい顔をして黙りこんでいる。

「できれば、お鶴と南茅場町の大番屋に同道し、丑吉を見せ、自分をかどわかした男かどうか確かめたいのだ」

京四郎の申し出に、三木は厳しい顔を崩さない。

「……それは、いかがなものでしょう」

京四郎に代わって、松子が返した。

「先生がお鶴ちゃんを心配されることはわかりますが、ほんの少しでいいんですよ。御奉行所には、丑吉には気づかれないようにしてもらいますから」

「お鶴は普段どおりに手習いをしてはいますが、自分をかどわかした下手人と会うなどということになったら、とてものこと平生《へいぜい》ではいられないでしょう。たとえ、相手と対面するのではないとしても、ひと目見たら恐ろしい思い出がよみがえり、恐怖に打ち震えるやもしれませぬ」

顔を曇らせ、三木は反対した。

「それはそうでしょうが……」

三木の考えはもっともだ。お鶴には苦行《くぎょう》かもしれない。

しかし、丑吉がかどわかしに本当に無関係なのであれば、それをあきらかにしてやらねばなるまい。

「あんたから、お鶴に頼んでみてくれないか。あんたが丑吉との対面に立ち会ってもかまわないぞ」

京四郎が頼むと、

「一応は聞いてみましょう。が、他の子どもたちの手前もあります」

寺子屋の子どもたちは、お鶴がかどわかされたことを知らないのだという。三木は子どもたちの動揺を心配し、話していなかったのだ。

幸い、お鶴は一日休んだだけなので、誰もお鶴の身にそんな大変なことが起きたなどと疑ってはいないらしい。

「わかった。任せる」

京四郎が受け入れると、三木は境内を見まわした。

「裏庭に、大きな銀杏《いちょう》の木があります。そこで待っていてください」

そう言って授業に戻っていく三木の背中を見て、松子が言った。

「なかなか、よい先生のようですね」

「そうだな。子どもも思いのお師匠さんだ」

京四郎も認めつつ、階をおりた。

本堂の裏手にまわってみると、教えられた銀杏の木はすぐにわかった。

五

時節柄、銀杏の木は色づいておらず、緑の葉に覆《おお》われている。銀杏の木の下で待つこと四半時、お鶴が三木にともなわれてやってきた。

「お鶴、徳田さまの問いに答えなさい」

お鶴は三木の手を握《にぎ》っている。にこにことしていたが、京四郎を前にすると、おどおどとした眼を向けてきた。

「怖がらなくていいぞ」

京四郎は、お鶴の頭を撫でた。すでに涙ぐんでいるお鶴に、三木が、

「大丈夫だよ」

と、優しく微笑《ほほえ》んで見せた。それでもお鶴は笑顔を見せようとはせず、警戒心を抱いたように口を閉ざしている。

「お鶴、これからいくつか尋ねるから、答えられるだけでいいから答えてくれ」

努めて優しい言い方をしたが、お鶴は黙ったままである。

「昨日、寺子屋に来る途中に、かどわかされたんだな」

お鶴は首を縦に振った。京四郎はふんふんとうなずきながら、

「どの道を通って、ここまで通《かよ》っているんだ」

困惑の表情を浮かべるお鶴を見かねたように、

「お鶴が通ってくる道は決まっています」

代わりに三木は、奥州屋から寛大寺までの道筋を、

と、小枝を拾って地べたに描いた。それによると、奥州屋の裏手から横丁に出て、そのまままっすぐ進むと、寛大寺の裏門につきあたることがわかった。

「いつも、この道を通っているんだね」

　お鶴はこくりとうなずいた。

「すると、下手人はこの途中で待ち伏せていたことになる。ええっと……」

　京四郎は絵図を見おろした。お鶴が屈《かが》みこんで、

「ここ」

と、指差した。そこは、野原で火除《ひよ》け地《ち》となっていた。

「そうか、偉いぞ」

「下手人は、お鶴が毎日ここを通ることを知っていたってことになりますね」

　松子が横からのぞきこむ。

　京四郎は絵図に視線を凝《こ》らしたままうなずくと、

「それで、どんな男だった」

　恐怖がよみがえったのか、お鶴は激しく首を横に振った。

「つらいだろうが、思いだしてくれ」

　京四郎は極力、優しい声を出した。三木が労《いたわ》るように、

「ゆっくり思いだしてごらん。もう悪い奴は捕まったのだから、怖くはないぞ」

　お鶴は視線を泳がせていたが、

「よくわかんない」

と、京四郎を見あげた。京四郎は催促《さいそく》することなく、

「思いだせないのか」

「だって、後ろから目を両手で塞《ふさ》がれたんだもん」

　そのときの様子を語りはじめた。お鶴は両目を塞がれ、手拭いで目隠しをされたまま抱きかかえられたという。

「とっても怖かったの」

　お鶴は身をすくませた。

「怖かったろうな。それで、そのままどこかへ連れていかれたのだな」

「声を出したら殺すって脅された」

　しばらく経ったころ、ようやく目隠しが外されたかと思いきや、すぐに物置小屋のような場所に閉じこめられたという。

「小屋の中は真っ暗だったから、どこかはわかんなかった」

なにか物音や人の話し声が聞こえなかったか、重ねて問いかけたが、お鶴は首を横に振るばかりだ。

「かどわかしたのは、ひとりだったか」

「たぶん、ひとり……」

そのあたりになると、お鶴の記憶はさらにはっきりしなくなった。

無理もない。少女がいきなり目を塞がれ、真っ暗な中に閉じこめられてしまったのだ。とても落ち着いてなどいられなかっただろう。

「最後にあとひとつだけ、聞かせてくれ」

京四郎は駕籠について聞いた。

「駕籠はね……」

お鶴は首をひねった。

すると三木が、

「小屋を出たら、駕籠に乗せられたのだろう」

と、語りかけた。

お鶴は思いだしたように、

「そう、小屋の戸を叩かれたの。それで、小屋から出たら駕籠が待っていた」

駕籠かきから、おとっつあんのところに連れていってあげる、と言われ、そのまま乗せられたという。

「じゃあ、それがどこ辺だったかわからなかったのかい」

駕籠に乗っている間も、怖くて外を見ることができなかったらしい。

「それは無理からぬことと存ずるが」

三木が言った。横で松子も、「そりゃそうだ」と賛同するようにうなずく。

「では、そろそろ」

お鶴を気遣う三木に、京四郎は願いを口にしてみた。

「どうだろう、大番屋に同道いただくわけにはまいらんか」

「それは……」

やはり、三木は躊躇いを示した。

京四郎としては、ぜひともお鶴に丑吉を会わせたかった。面通《めんとお》しをさせ、かどわかしたのが丑吉かどうかをお鶴の口から聞きたいのだ。だが、お鶴は怯《おび》えたように身体を震わせている。それを見て、

「徳田殿、ご勘弁ください」

三木は毅《き》然《ぜん》と言いきった。

お鶴の怖がりようを見れば、無理やり大番屋に連れていったとしても、よい結果は生まないだろう。

「残念だな」

京四郎としても、怖がるお鶴に無理強いさせるのは、本意ではなかった。

「お鶴、手習いに戻りなさい」

三木に言われ、お鶴は小さな手足を精一杯に動かし、本堂に向かって駆けだした。

「わかってやってください。お鶴は心に傷を負ったのです」

三木はお鶴の背中を眺《なが》めやった。

「そりゃ、無理もありませんわ」

松子が応じると、三木は宥《なだ》めるように答える。

「いずれ落ち着いたら、もっとなにか思いだすことでしょう」

「そうですね。そうなるまで待ちましょう」

「わたしも、心に負った傷を癒してやるよう努めます」

三木は強い眼差しで、京四郎を見やった。

「さきほど手習いの様子を見学しておったのだが、お鶴は誰とも口をきこうとしていなかった。ひとり黙々と習字をしておったが、かどわかしが影響しておるのかな」

　京四郎の問いかけに、三木は深いため息をついた。

「あの子は、普段からひとりでいるのです。他の子どもたちと一緒に遊ぶことも、話をすることもありません。何度か一緒に遊んではどうかと勧めたのですが、ひとりでいることを好むところがあります。他の子どもが、おとっつあんやおっかさんの話をしているのが嫌だ、と打ち明けたことがありましたな。きっと、母親を亡くし、お父上も商いに忙しくて、寂しい思いをしているのでしょう」

「なるほど……先生のことは、とても慕《した》っておるようですな」

「そうですかな」

　三木は口元に笑みを浮かべた。

「ときに、先生は寺子屋をはじめられて、どれくらいになるのかな」

「三年です」

「それ以前は、どちらかの大名に仕えていたのかい」

「奥羽喜多方《きたかた》藩、飯塚豊後守《いいづかぶんごのかみ》さまの御家中におりました」

「喜多方藩といえば大藩だな。石高二十万石、国主格の家柄だ。そんな大藩を、なぜ離れられた」

「それは……武士の情け、聞かないでくだされ。一身上の都合とだけ申しておきましょう」

三木は、「手習いがございますので」と本堂に向かった。

「誠実でご立派な先生ですね」

松子が感激したように言った言葉に、京四郎もうなずく、

「お鶴もずいぶんと慕っているようだ」

「どうしますか、お鶴を大番屋に連れていけなくなりましたよ」

「そうだな……だがやはり、丑吉が下手人であるとは信じがたくなってきた。お鶴の父親のことを持ちだしたあたり、もしかすると駕籠かきがなにか事件に関係しているのかもしれんな」

「そうですよね、いかにも怪しいですよ。駕籠かきをあたってみますか」

「頼む」

地べたの絵図を見おろしている京四郎に、松子が言い添えた。

「それと、昨日の丑吉の、七つから暮れ六つまでの足取りを追う必要がありますね」

「それも調べるか。片山は丑吉を下手人と決めてかかっておるから、南町奉行所は調べもしていないだろう」

京四郎と松子は、寛大寺をあとにした。

六

京四郎は松子と別れ、奥州屋に向かった。その間、松子は駕籠屋への聞き込みをおこなうという。

京四郎は、絵図に示されたお鶴が通う寺子屋への道筋を歩いてみた。

寛大寺から奥州屋までは、お鶴がかどわかされた火除け地をのぞいて町地《まちじ》が続いている。朝方には、棒手振りたちが大勢行き交っていただろう。

火除け地は一面の野原で、往来からはひと目で見渡せた。

下手人は、どこに身をひそませていたのだろうか。人混みに身をまぎらせながらお鶴をつけまわし、一瞬の隙をついてさらっていったとしか思えない。

ずいぶんと好都合に事が運んだものだ。不自然とすら思えてしまう。

そんなことを考えながら奥州屋に着くと、栄五郎に客間に通された。

「お鶴の様子はいかがでございました。ちゃんと手習いをしておりましたでしょうか」

「ああ、元気にな」

あえて、孤独な様子であったことは話さなかった。

栄五郎は安堵の表情を浮かべた。

「お鶴は三木先生のことを、いたく慕っておるな」

「それはもう大変な慕いようです。お鶴が手習いに通いだした直後、母親が亡くなりまして、わたしも商いに忙しく、そんなお鶴を三木先生は元気づけてくださり、心の支えとなってくれたのです」

「そんなことがあったのか」

誠実そのものといった三木の顔が浮かんだ。

「ですから、お鶴にとって三木先生は、まるで神さまや仏さまのようなものなのでしょう。三木先生の寺子屋に通わすことができて、本当にようございました」

栄五郎の安堵の表情をよそに、

「そうだな」

つい京四郎は生返事になった。事件のことで、頭の中はいっぱいだったのだ。

栄五郎を無視したようで、これはまずいことをしたと目を凝らして見返した。栄五郎は笑みを浮かべていたが、その顔はどこか浮かない様子で、弱々しいものだった。

娘が無事帰ってきたという喜びが、あまり感じられないのだ。

そのことを問いかけようとしたが、

「旦那さま」

番頭の与吉の声がした。栄五郎は一礼してから、廊下に出た。襖越《ふすまご》しのやりとりが、聞くともなしに耳に入ってきた。

「な、なんだって……お命を……そうか、お気の毒なことに……」

という栄五郎の悲壮な声がする。栄五郎はそれから与吉としばらく話して、

「失礼いたしました」

と、戻ってきた。顔は、どこか吹っきれたような表情となっている。

「商いでなにか問題があったのか」

よけいなこととはわかっているが、気になるものは気になる。

「まあ、ちょっとしたことでございます」

襖越しのやりとりは、とてものこと「ちょっとしたこと」とは思えなかったが、

商いに踏みこむことは、いかに京四郎でも憚《はばか》られた。

「ならばこれで」

京四郎は腰をあげた。

「おかまいもしませんで」

「気にするな」

「このたびは、まことにありがとうございました。これは、お約束の謝礼でござります。本来なら、手前が徳田さまの御屋敷にお届けにあがらなければなりませんが……」

栄五郎は、紫の袱紗《ふくさ》包みを差しだしてきた。

「半分もらうよ。下手人を捕らえたのは、南町奉行所だからな」

京四郎は二十五両を受け取り、懐中に入れた。

栄五郎はなにか言いたそうだったが、京四郎の態度にこれ以上の無理強いはよくないと判断したのか、お辞儀をした。

京四郎が大番屋に入るなり、

「いいかげんにせよ！」

片山の怒鳴り声がした。見ると、土間に丑吉が座らされ、うなだれている。髷《まげ》が解けてざんばらとなっていた。単衣や顔が濡れており、そればかりか土間も水浸しだった。

片山という男、温和な顔の裏に、激しい気性が隠れているようだ。そうでなくては、町奉行所の吟味方与力は務まらないのかもしれないが……。

「白状せよ」

片山は、脇に控える小者に目配せした。小者が盥《たらい》に汲んだ水を丑吉に浴びせる。

丑吉はわなわなと震えながら、

「あっしあ、やってねえ」

必死の形相で喚《わめ》きたてた。

「ふざけるな」

片山は丑吉の襟首《えりくび》をつかむと、平手打ちを食らわせた。

丑吉は悲鳴をあげながら、激しく土間を転がった。いくら町奉行与力の吟味といえども、ここまできては見すごしにはできない。

「片山さん、手荒な真似はよしな」

そのときはじめて、片山は京四郎の存在に気づいたようだ。はっと顔をあげ、ばつが悪そうに目を逸らした。

それでも、

「畏《おそ》れ多いと承知で申しますが、町奉行所には町奉行所のやり方がございます」

と、丁寧《ていねい》な物言いながら、京四郎の言葉を受け入れなかった。

「だが、このやりようでは、拷問と同じだ」

京四郎は目を凝らした。

「火盗改ならば日常茶飯事です」

「あんた、町奉行所の流儀を貫くんじゃないのかい。火盗改を見習うことはないんじゃないか」

京四郎に指摘され、片山は言葉を呑みこんだ。

「都合が悪くなったら、だんまりを決めこむのか」

「こやつが、頑として罪を認めないからです」

片山が口を開いたところで、

「あっしじゃねえ」

ふたたび、丑吉は喚いた。

片山は顔を歪め、

「こいつめ」

反射的に丑吉を足蹴《あしげ》にした。

「やめろ」

京四郎が片山と丑吉の間に立つと、

「どうか、邪魔だてはおやめください」

開き直ったように、片山は京四郎に向き直った。頭に血がのぼっているようで、目が血走っている。

そこへ、松子が入ってきた。

松子は吟味の現場を目《ま》のあたりにして唖然《あぜん》としたが、読売屋らしく、じきに表情を落ち着かせた。

「少し休んだらどうだ」

京四郎は片山を落ち着かせようと、穏やかに告げた。

すばやく松子が気を利かせ、下男にお茶を淹《い》れるよう頼んだ。

片山は小さくため息を吐き、丑吉を牢獄に入れるよう小者に命じた。丑吉は小者の肩を借りながら、牢獄に向かった。

京四郎は片山をうながし、座敷に入った。松子がお茶を持ってきて、ふたりの前に置く。

京四郎はお茶をひと口飲んでから言った。

「お鶴に会ってきた」

寺子屋での経緯を、かいつまんで語った。

「おれは、その駕籠かきが、お鶴のかどわかしに関係しているのではないかと思うのだが」

京四郎の言葉を受け、

「たしかにそうかもしれませんが、では、丑吉に助力したのでしょう。駕籠かきの行方も、丑吉に聞けばはっきりしします」

いまだ片山は、丑吉が下手人だと信じて疑っていない。

「なら、さっそく丑吉から聞くとするか」

京四郎はお茶を飲み干した。

片山は眉をわずかにつりあげる。

「どうせ、嘘八百を並べたてるでしょう」

「かまわねえよ」

京四郎は土間におりた。

七

ふたたび丑吉は牢獄から引きだされ、土間に据《す》えられた。丑吉は目だけをきょろきょろと動かし、すっかり憔悴《しょうすい》しきっている。

片山は間を取り、無関心を装《よそお》っていたが、京四郎の取り調べに耳をそばだてているのは横目でもわかる。

「丑吉、おまえ、奥州屋栄五郎の風呂敷包みを盗んだな」

京四郎が問いかけると、

「へえ、でも、五百両なんて大金が入っているなんて知らなかったんですよ」

もはや喚きたてる元気もないのだろう。丑吉は息も絶え絶えに答えた。京四郎は水を飲ませてやり、息が整うまで待った。

丑吉の息が定まったのを確かめ、取り調べを再開する。片山は無表情で見おろし、冷笑を浮かべている。

京四郎は鷹揚《おうよう》にうなずいてから、

「なぜ栄五郎の風呂敷包みを盗み取った」

「それは、商売みたいなもんで、ええ、あっしゃ、掏摸ですから。あのあたりは、あっしの縄張りなんですよ」

掏摸を生業《なりわい》としていることに、悪ぶれた様子はない。

「なら、盗んだ相手が、奥州屋栄五郎であることも知らなかったんだな」

「そのとおりでございます」

「昨日は一日、なにをしておった」

「べつに、なにって、たいしたことはしてねえですよ」

「たいしたことでなくてもいいよ。話しな」

京四郎は苦笑いを浮かべた。

「へえ、朝、お頭《かしら》のところに顔を出しまして、それから日がな一日、天徳寺さまの境内や門前町を冷やかしておりました。といっても、いい鴨《かも》を求めて、ちょいとばかり働いてたんですがね」

「掏摸をおこなっていたということか」

「そういうことで」

「それを証拠だてる者はいるかい」

「いや、それは……」

丑吉は首をひねった。

「いいか、肝心なことだぞ。誰か、そのことを証言できる者はいないかい」

「当然、他の仲間には顔を見られておりますが……」

丑吉の表情が曇《くも》った。

「どうした」

「ええ、それが」

どうやら、掏摸の仲間を売ることに躊躇いがあるようだ。

「おい、おまえ自身の首がかかっているんだぞ」

わざと声を大きくした。

「へえ、ですが……」

それでも丑吉は決めかねているようだ。

「さあ、話せ」

京四郎は目に、「悪いようにはしない」という意味をこめたが、丑吉には通じなかったようだ。

すると、片山が業《ごう》を煮やしたように、

「そら、ご覧くだされ。話すもなにも、作り話なんですよ。証人などおるわけがない」

「片山さん、いまはおれが話を聞いているんだ」

ぴしゃりと京四郎が返したところで、

「お邪魔いたす」

と、戸口で聞き覚えのある声がした。声のほうを振り向くと、

「拙者、宇田川町の寛大寺にて寺子屋を営む、三木清三と申します」

三木の誠実そのものの顔があった。横に、お鶴を連れている。戸惑いの表情を浮かべる片山をよそに、

「おお、これは三木先生」

京四郎は立ちあがり、三木に近づいた。

「お鶴のかどわかしのことで」

三木は京四郎の耳元に口を寄せた。大番屋に捕らわれている丑吉が、自分をかどわかした当人か、お鶴が証言をする気になったのだという。

「それはありがたい」

ふたりを待たせておいて、京四郎は土間に戻った。片山に事情を告げると、片山は両目を見開いた。

京四郎は三木に、お鶴を連れてくるよう告げた。お鶴は三木が付き添っていることで安心しているのか、しっかりとした足取りで近くにやってきた。

「ではな、お鶴、おまえをかどわかしたのは、この男か」

京四郎が問いかけると、

「違う」

お鶴は小さいが、はっきりとした声音で答えた。

「違うのだな」

京四郎が念を押すと、

「違う」

ふたたび言って、お鶴は明確に首を横に振った。丑吉の顔に、満面の笑みが広がった。それとは対照的に、片山の顔は歪み、

「子どもの言うことです。どこまで信用できるか……」

「そんなことないぜ！」

思わず京四郎は怒鳴った。

心に傷を負ったであろうお鶴が、勇気を持って証言にやってきたのだ。それを頭から否定するとは許せない。

息を吐いて高ぶった気持ちを静めてから、

「お鶴、よく証言してくれた」

京四郎は笑顔で礼を言った。

うつむいたお鶴に代わって、三木が、

「罪もない人間に濡れ衣をかけるわけにはまいりません」

「感謝申しあげる」

三木とお鶴は、用が済んだとわかって、すぐに去っていった。

「まだ丑吉を解き放つわけにはまいりませぬ」

片山の言葉を、京四郎はやや呆れつつ聞いた。

「まだ、丑吉がやったと言うのかい」

「疑念が完全に晴れたわけではござりませぬゆえ。真の下手人が現れたなら、もちろんのこと、解き放てるのですが」

片山の言葉の裏には、だったら本当の下手人を挙げてみせろ、という響きが感じ取れる。

「わかったよ。下手人を捕まえてやるぜ」

京四郎は松子をともない、大番屋を出た。

八

三日後、京四郎は夢殿屋を訪れた。

今日も地味な装いだ。紺地無紋の小袖を着流し、同色の帯を締めている。右足の怪我は治ったものの、お鶴かどわかし事件の探索がいまいちうまく運ばず、身を飾る気が起きないのである。

松子は、駕籠かきの探索について報告した。

「あたしと夢殿屋の奉公人、それにでか鼻の豆蔵親分に手間賃を払って、芝近辺の駕籠屋をあたりましたが、それらしき駕籠かきは見つからないんですよ。もちろん、江戸中の駕籠屋を探したわけじゃないんで、引き続き探しますが」

松子はくたびれたとばかりに、ため息を吐いた。

「どうも気になるな」

京四郎は、土産《みやげ》の今川焼《いまがわや》きを松子に渡した。甘い物に目がない松子は、一瞬にして顔色がよくなった。

「なにがですか」

今川焼きを食べながら、松子は首をひねった。

「三木とお鶴だ」

「ふたりがどうしました」

「お鶴は、三木に懐《なつ》きすぎではないかな。いくら、三木がよい師匠とはいえ、あそこまでとなると……」

「だって、京四郎さまが、奥州屋の旦那さんから聞いたじゃござんせんか。母親を早くに亡くし、父親の栄五郎は商いに忙しくて、お鶴にしてみたら寂しいときに支えとなってくれた恩人ですよ。神さまや仏さまかってくらい」

「たしかに聞いた。だが、どうも素直に呑みこめぬのだよ」

「まさか、三木先生を疑っていなさるんで」

松子は、今川焼きを食べる手を止めた。

「ああ、疑っているさ」

当然のように京四郎は返し、眉根を寄せた松子に向けて続けた。

「考えてみろ、お鶴は日輪が出ている時分にさらわれたんだ。通ってみたが、お鶴がかどわかされた火除け地は、いかにも人目につきやすい場所だったぞ。おおっぴらに、娘ひとりをさらうことができるとは思えん。途中、お鶴に悲鳴をあげられたり、抗《あらが》ったりされれば、誰かは気づくだろう。下手人であれば、そのことを心配するのがあたりまえだ」

「そうか……その点、三木先生なら黙ってついていくでしょうね」

「そういうことだ」

「でも、駄目ですよ」

松子は素《す》っ頓狂《とんきょう》な声をあげた。

「どうした」

「だって、三木先生は、寛大寺で手習いを教えていたんですよ。それで、お鶴が来ていないことを知り、奥州屋に使いを出したんですから」

松子に指摘され、

「そうだったな。じゃあ、あの火除け地でお鶴をさらったんじゃない。そもそも、さらうなどということはしなかった。前もって、どこそこへ来るように言っておいたんだ」

京四郎は推量をあらためた。

「それじゃあ、まるで、ふたりして、かどわかしの芝居を打ったようなものじゃありやせんか。まさか、そんなこと」

松子は納得がいかないようだ。

「お鶴は三木の言うことなら聞くだろう」

「じゃあ、なんで丑吉が下手人じゃないなんて証言したんです。丑吉を下手人にしといたほうがいいじゃありませんか」

「無実の罪を着せることに、躊躇いがあったんじゃないか」

「どうも納得いきませんね。そもそも三木先生は、五百両を手にしていないんですよ」

「それに、お鶴は無事に帰ってきた……」

「そうですよ、三木が下手人としたら、なんでお鶴をかどわかしたんですよ。一文の得にもなってないじゃありませんか」

「その辺のことが、今回の一件を解く鍵かもしれんな」

京四郎はお茶をごくりと飲み干すと、松子に奥州屋の評判を聞き込むよう命じた。

その晩、京四郎は自邸の居間で、松子の報告を受けた。

「ご苦労だったな」

京四郎は文机《ふづくえ》から向き直った。

「奥州屋は、ちょっとした騒ぎになっていました。大事なお得意さまがお亡くなりになったそうで」

松子はここで声を忍ばせた。

「お得意、どこだ」

「喜多方藩邸です」

「奥州屋ほどの大店だ。大名屋敷に出入りしているとしても不思議はないが、喜多方藩とはな……たしか三木清三は、喜多方藩に仕えていたんだったな」

「奥州屋が出入りしているお大名は喜多方藩に限りませんが、いちばん太いつながりは、喜多方藩邸なのだそうです。栄五郎が喜多方の出身で、それが縁となり出入りをするようになったんですって」

「喜多方藩の誰が死んだんだ」

「出入り商人を統括する納戸方《なんどがた》の頭、西川雁之助《にしかわがんのすけ》さまだそうです」

「栄五郎は、西川とは親しかったんだな」

「それはもう、大変に親密な仲だったそうです。月に何度も、料理屋や吉原に繰りだしていたそうで……奥州屋が喜多方藩邸に出入りできるようになったのも、西川さまの尽力によるところが大きかったそうですよ」

「ならば、痛手であったろうな」

京四郎の脳裏《のうり》に、先日の栄五郎と番頭のひそひそ話の光景が浮かんだ。

途切れ途切れにしか聞き取れなかったが「亡くなられた」とか「お気の毒に」

という栄五郎が発した言葉があった。

「それで、西川さまの死については、妙な噂があるんですよ」

「なんだ、その思わせぶりな顔は」

「切腹なんだそうです」

ふたたび松子は声をひそめた。

「なにか不祥事を起こしたのか」

「どうやら、御家の金に手をつけたようで」

「公金横領か……ひょっとして、今回のかどわかしにかかわりがあるのか」

「お鶴のかどわかしが、西川さまの切腹と、どうつながるんですか」

「わからん」

「たまたまなんじゃありませんかね」

「そうは思えんな」

心にぼんやりとした薄闇が広がった。

「栄五郎は、喜多方藩への出入りをきっかけに、店を大きくしていったんだそうです」

「栄五郎にとって西川は、まさに恩人だったんだな」

「そういうことです」

「三木を訪ねるか」

「訪ねてどうするんですか」

「問いただすさ」

「まさか……おまえがかどわかしたのか、と責めるんですか」

「そうだ」

「そんな、無茶ですよ。いきなりおまえが下手人だなんて言われたら、誰だって反発します。なんの証《あかし》もないんですからね」

松子は口を尖《とが》らせた。

「おい、そんな顔をするな。蛸《たこ》みたいだぞ。証がなくても、三木にやましい気持ちはあるはずだ。あんなにも慕われているお鶴をかどわかしたのなら、深い理由があるのだろう。いきなり疑念をぶつけてみれば、動揺を隠せない。そうなったら、こっちのもんだ」

　京四郎は自信に満ちた顔だが、松子はまだ心配そうだ。

「大丈夫だ。おれに任せろ」

　京四郎に言われ、松子は尖らせた口をたいらにし、

「わかりました」

　と受け入れたが、

「いいか、今回ばかりは、三木にはおれだけで会う。そのほうが本音を引きだせるからな」

　有無を言わせぬきっぱりとした口調で、京四郎は告げた。

九

　宣言どおり、京四郎ひとりで三木の寺子屋を訪れたとき、すでに昼八つを過ぎ、授業は終わっていた。

　ちょうど本堂から階をおりてきた三木に、

「三木先生」

京四郎が声をかける。

「これは、徳田殿」

「先日はすまなかったな。よく、お鶴を大番屋に連れてきてくれた」

まず京四郎は、礼を述べたてた。

「なんの。で、あの者はお解き放ちになったのですか」

「まだなのだ」

「疑いが晴れていないのですか」

不満そうに、三木は語調を乱した。

「あんたやお鶴のおかげで、疑いはかなり薄まったのだが、栄五郎の風呂敷包みを盗んだことは事実だからな」

「しかし、かどわかしにくらべたら、罪は軽いのでしょう」

「中味を知らずに盗んだことがはっきりすれば、だがな」

「今日は、それをわざわざお報せにまいられたのか」

三木の顔に警戒の色が浮かんだ。

「違うよ。今日来たのは、あんたにぜひとも確かめたいことがあったからさ」

京四郎は、三木の目をじっと見据《みす》えた。

「わたしで答えられることでしたら」

　三木は落ち着いたものだ。

　そこへ、京四郎はずばりと切りこむ。

「三木先生が、お鶴をかどわかしたんだな」

　三木の顔が強張《こわば》ったのも束《つか》の間、じきに笑顔を取り繕《つくろ》った。

「ご冗談を……なぜわたしが、お鶴をかどわかさねばならぬのです」

「それを聞きたいと思って、やってきたんだ」

　京四郎は頬をゆるめた。

「馬鹿なことをおっしゃる。冗談にしては性質《たち》が悪いですぞ」

　三木は鼻で笑った。

　そのとき、京四郎の背後で人の気配がした。振り向くと、

「きえい！」

　裂帛《れっぱく》の叫びとともに、大刀が襲ってきた。

　身体が勝手に反応した。横っ飛びに刃を避けると、同時に大刀を抜き放った。

　羽織、袴の侍が、ふたり立っている。

　そのうちの一人が、大刀を大上段に構えていた。

「やめろ」

三木が止めるのも聞かず、侍は大刀を振りおろしてきた。京四郎は相手の懐に飛びこむと、大刀を下段からすりあげた。

相手の刀が弾《はじ》け飛び、残るひとりが刀の柄に手をかけた。

抜き放つ間もなく、京四郎は刀の切っ先を喉笛《のどぶえ》に突きつけた。

「やめるんだ！」

ふたたび、三木の声がした。ふたりの侍は、がっくりとうなだれた。

「喜多方藩の方とお見受けする」

京四郎は、大刀を鞘に納めた。ふたりは口を閉ざしている。

「徳田殿、なにとぞ、このことお許しいただきたい」

三木は静かに頭をさげた。

「わけを聞かないうちには承知できないな」

京四郎の返事に、三木は黙ってうなずいた。京四郎はふたりの侍に、

「去りな」

と、右手をひらひらと振った。

ふたりが三木を見ると、三木は帰るよう目でうながした。ふたりの侍は、足早

に去っていった。

するとと、入れ替わるようにして、お鶴が駆け寄ってきた。

「どうした」

三木が問うと、

「忘れ物をしたの」

お鶴は、忘れ物のおはじきを取りにきたという。ところが、三木と京四郎のただならない様子を敏感に察知したのだろう。悲しそうな顔でうつむいた。

「五日前、お鶴は三木先生と一緒にいたんだな。かどわかされてなんかいないのだろう」

京四郎は、お鶴の前に屈《かが》んだ。

お鶴は戸惑いの表情で、拳を握りしめた三木を見あげている。

「先生は悪くない」

お鶴が叫んだ。それを三木は優しく宥めた。

「……もういい、先生が悪いんだ。おまえのことを巻きこんでしまった」

「違うもん、先生は悪くないんだもん」

お鶴は強い口調になった。

「徳田殿、番屋へ行きましょうか」

三木は覚悟を決めたようだ。

「その必要はない。おれに事情を語ってくれるだけでいいよ」

「ならば、そう……昨日の銀杏の木の下で話しますか」

いまや三木は、すっかりと穏やかな面持ちとなっていた。

「よかろう」

京四郎はお鶴に、家に帰っていいと告げたが、

「先生と一緒に行く」

と、言ってきかない。

しぶしぶ、京四郎は了承した。

京四郎と三木、それにお鶴は、銀杏の木の下で相対した。

「あれは、わたしとお鶴でおこなった芝居でした」

三木はおもむろに語りはじめた。京四郎は問いを重ねるようなことはせず、黙って先をうながした。

「狙いは、奥州屋栄五郎の五百両です」

「しかし、五百両は手に入れなかったじゃありませんか」

「取るつもりはありませんでした」

三木の答えは、京四郎を混乱させるだけだった。

「ほんの一時、栄五郎が五百両を使えなくしたかったのです」

「それは……」

「わたしは、喜多方藩で納戸役をしておりました」

「なるほど、切腹したと噂のある納戸頭の西川は、上役だったんだな。すると、今回の企ては、西川に腹を切らせるために仕組んだのか。さきほどのふたりも、かかわっているのだな」

京四郎の推量を肯定し、三木は打ち明けはじめた。

かつて、三木が喜多方藩の納戸役を務めていたとき、西川が商人から多額の賄《わい》賂《ろ》と、過剰な接待を受けていることを知り、それを糾《ただ》そうとした。

ところが、三木の動きは西川の知るところとなり、横領の濡れ衣を着せられて三年前に藩を追われてしまった。

最近になり、西川の不正は藩邸内でも知られるようになり、西川糾弾の動きが強まったのだという。

反西川派は、西川が藩邸の公金五百両に手をつけたことを知った。吉原で豪遊をし、気に入りの花魁《おいらん》につぎこんだというのだ。反西川派は、西川の公金横領を暴きたてようとした。

勘定方が中心となり、横領の事実を突き止め、監察に入ることになった。西川は急遽《きゅうきょ》、穴を空けた五百両を用立てよと、奥州屋栄五郎に泣きついた。

栄五郎は、五百両を掻き集めた。

それを聞きつけた三木は、五百両を使えなくしようと、今回の企てをおこなったのだった。

三木と反西川派の連絡役は、京四郎を襲ったふたりが担《にな》っていた。ふたりは駕籠かきに扮《ふん》し、お鶴を天徳寺まで運んだりもした。

一方、お鶴は早くに母親に死なれ、父親も商いにかかりっきりと、両親の愛情に飢えて育った。

寺子屋でも友達ができず、話す相手といえば師匠の三木だけ。

そんな孤独のなか、いつしか父親に愛されていないのではないか、と悩むようになった。

お鶴は栄五郎にかまってもらいたかった。かどわかされた芝居をすれば、栄五郎は自分に目を向けてくれる、と三木に誘われた。

この世でただひとり信頼を寄せる三木の話に、お鶴は乗った。

「お鶴の幼な心を利用してしまったのです。卑怯《ひきょう》な振る舞いです。寺子屋の師匠として失格です」

三木はうなだれた。

「なるほど、そんなことが……」

「徳田殿、番屋に行きましょう」

しばらく思案していた京四郎であったが、

「いや、むしろ奥州屋に行こう。栄五郎に打ち明けるんだ」

はっきりと、そう言い放った。


奥州屋を訪れた三木は、京四郎にうながされつつ、栄五郎に事の次第を語った。

栄五郎は初めのうちこそ驚きの眼をしていたが、聞き終わるころには、

「そうでしたか」

と、悲しげな顔になった。

「詫びたところで許してはいただけまいと思うが」

　三木は頭を垂れた。

「いいえ、手前こそ……言ってみれば、手前のせいで三木先生は浪人なすったようなものです」

「それは……」

　三木は言葉を返せなかった。

「お鶴は無事に戻ってきました。五百両も手付かずです。なんの損害も受けてはおりません。手前は商いとはいえ、店を大きくすることばかりにとらわれ、肝心のことを置き去りにしていたようです」

　ここで栄五郎は、京四郎を見た。

「娘を慈《いつく》しむ心根か」

「そのとおりです。お鶴のことを、すっかりほったらかしにしておりました。かどわかされてみて、やっとそのことに気がついたのです。お鶴こそが、わたしの宝なのだと」

　栄五郎の目に涙が滲《にじ》んだ。

「申しわけない」

　両手をついた三木に、

「先生、お手をあげてください」

栄五郎は着物の袖で涙を拭った。

「栄五郎、どうする」

京四郎が問いかけると、栄五郎はきっぱりと言った。

「なにもしません。きっと、お鶴は神隠しにでも遭ったのでしょう」

「栄五郎殿……」

三木は声を詰まらせた。

「わかった、それでいい」

京四郎は了解を告げた。


それからすぐに、丑吉は解き放たれた。

お鶴がさらわれた時刻に、丑吉を見かけたという人間が多数、出てきた。

ただし、丑吉は知らなかったとはいえ、栄五郎の風呂敷包みを奪ったことは事実である。

丑吉はその罪を問われて、五十叩きに処せられた。

ややあって、夢殿屋に餅《もち》が届けられた。

栄五郎がつき、お鶴がこねた親娘餅であった。
松子は餅を焼き、海苔《のり》と醤油で味を調えた。
やや不格好な丸餅に、京四郎は栄五郎とお鶴の絆《きずな》を感じた。

第四話　鬼殺しの埋蔵金

一

弥生の二十日、過ぎゆく春を物語るかのように、葉桜《はざくら》が残り少ない桜の花を散らしている。

春の名残《なごり》を楽しむため佃島《つくだじま》に行きましょう、という松子の提案に、天下無敵の浪人、徳川京四郎はすぐさま応じた。

佃島は白魚《しらうお》漁が真っ盛り、獲れたての白魚は絶品だと口を酸っぱくせんばかりに、松子が言いたてたのだ。

食にうるさい京四郎だが、佃島の白魚は味わったことがなかった。

それゆえ、松子の誘いには強く惹《ひ》かれた。

夢殿屋でその話をしていたとき、ちょうど助右衛門《すけえもん》が居合わせ、わしも行きたいと願い出たため、便乗して佃島にやってきた。

渡し舟に揺られ、佃島の渡し場に着くと、三人は桟橋《さんばし》におりたった。

川面が春の陽光に煌《きら》めき、目に沁みる。

佃島は江戸湾に浮かぶとあって、風に濃厚な潮の香りがする。温もりを帯びた風を胸いっぱいに吸いこむと、晩春を感じ、霞《かすみ》がかった空を飛び交う鷗《かもめ》の鳴き声がかまびすしい。

京四郎は、対岸に目を向けた。舟松町《ふなまつちょう》の街並みがくっきりと浮かび、手を伸ばせば届きそうだ。

松子と助右衛門も、気持ちがいい、と潮風を思いきり吸いこむ。

京四郎は、左半身が白色地に真っ赤な牡丹が描かれ、右半身は萌黄色地に鷹の極彩色の紋様という、片身替わりの小袖を着流している。

儒者髷に結った髪から鬢付け油が香りたち、佃島にあっても異彩を放っていた。

腰の大刀は、悪党退治の際にしか差さない妖刀村正だ。

物見遊山《ものみゆさん》にいかにもふさわしくないが、多少の緊張を帯びようと、あえて差してきた。

松子はというと、浅葱色地に朧月《おぼろづき》が描かれた小袖に、あざやかな紅色の袴《はかま》といういでたち。潮風にたなびく洗い髪を搔きあげるさまは、そこはかとない色香が漂《ただよ》っていた。

人々の目を惹く装《よそお》いのふたりに対して、助右衛門は浴衣掛という地味ななりである。ところが、七尺近い大男とあって、京四郎や松子よりも大勢の男女の視線を浴びていた。

助右衛門は元力士だ。

この時代、力士は大名のお抱えである。助右衛門は大坂《おおさか》の九条村《くじょうむら》に生まれ、肥《ひ》前大村《ぜんおおむら》藩お抱えの力士だった。順調に出世し、前頭筆頭《まえがしらひっとう》にまでなったが、そのとき対戦相手の大関《おおぜき》に負けろと藩の重臣から耳打ちされた。

相手は、老中を務める松崎淡路守《まつざきあわじのかみ》のお抱え力士、嵐山為次郎《あらしやまためじろう》だった。

助右衛門は重臣の命令をいったんは承諾したが、土俵で為次郎の顔を見ると、そんなことは忘れてしまったという。

助右衛門は立ち合いざま、張り手を見舞った。為次郎は八百長が仕組まれたことで慢心していたのか、油断しきりだった。まともに助右衛門の張り手を食らい、土俵に沈んだ。

土俵は沸かせたものの、助右衛門を待っていたのは、重臣からのきつい叱責だ

った。その際、助右衛門は、

「相撲取りが、土俵の上で相手を倒してなにが悪い」

と啖呵《たんか》を切って、藩を飛びだしてしまったのだという。

ところが、力士を廃業した途端、路頭に迷った。

空きっ腹に耐えられず、浅草の蕎麦屋、不老庵《ふろうあん》で無銭飲食をしたとき、ひょんなことから店内で起きた喧嘩騒ぎをおさめ、京四郎や松子と知りあった。

助右衛門の朴訥《ぼくとつ》とした人柄を、京四郎と松子はおおいに気に入り、ある事件を一緒になって解決した。夏真っ盛り、昨年の水無月のことだった。

その結果、助右衛門は不老庵に雇われ、いまでは薪割《まきわり》や蕎麦打ちなどで生計を立てていた。

まず三人は、佃島の鎮守《ちんじゅ》である住吉《すみよし》神社に参拝することにした。

鳥居に向かう途中、

「佃島には埋蔵金があるんですってよ」

松子が言った。

「埋蔵金だと……ありもしない夢物語だろう」

京四郎は鼻で笑ったが、かまわず松子は続けた。

「鬼殺しの庄兵衛《しょうべえ》が盗んだ金が埋められているんですって」

鬼殺しの庄兵衛とは、関八州を股にかけて宿場を荒しまわった盗人だ。

二つ名《ふた》が示すように、押し入った商家の家族や奉公人を皆殺しにするという、鬼のような残虐さであった。

幕府は威信《いしん》にかけて、火盗改に捕縛を命じた。

懸命な探索が続けられた結果、火盗改は先月の十日、庄兵衛を召し捕った。

しかし、一味が強奪した金は行方知れずで、残党も何人かはいまだ捕まっていない。奪った金のなかには、幕府が日光東照宮に寄進するはずだった五千両も含まれていたとあって、火盗改は強奪された金の奪還を、幕府から厳命された。

庄兵衛一味が奪った金の総額は、一万両とも二万両とも言われている。

今月に入り、正月に火事があって住吉神社が燃えた際、その混乱に乗じて一味の残党が佃島のどこかに金を埋めた、という噂が流れている。

庄兵衛の出身が佃島であることも、この噂の信憑性を高めていた。

「庄兵衛一味には侍崩れがひとりいて、それがめっぽう腕が立つそうですよ。追っ手の火盗改を、ばっさばっさと何人も斬り捨てたんですって」

松子は言い添えた。

「そうか」

京四郎はニヤリとした。

「松子、佃島に誘ったのは、庄兵衛の埋蔵金を探しあてようというのか」

「まさか、そんなつもりはありませんよ。ただ、読売のネタにはなるかもって思っていますけど」

松子は涼しげな顔をしている。

すると、ひとかたまりになった五人の男たちに、京四郎の目が止まった。道具箱を担ぎ、半纏《はんてん》に腹掛け、股引《ももひき》といったなりからして、大工のようだ。

ところが、この連中、きょろきょろとあたりを不安げに見まわしている。普請場を探しているのだろうか。だがすでに昼で、大工が仕事にかかるには、いかにも遅すぎよう。

なにやら妙な連中であった。

それは助右衛門も感じたようで、

「変な奴らですね」

と、つぶやく。

ふたりの訝《いぶか》しんだ様子に、松子の関心も高まり、

「大工さんたちみたいね。仕事で来たのかしら。それとも、住吉神社に参拝にいらしたのかしら」

「大工のなりをしているが、違うな。手を見りゃわかる。大工道具なんか使ったことのない手をしているぜ。目つきもよくない。やくざ者の目だ」

京四郎の目は鋭《するど》い、と松子は感心した。

「じゃあ、どうして大工の格好なんかしているんですかね」

当然の疑問を、松子は投げかけた。

「博打の運がつきますようにって、住吉さんにお参りに来たのか。大工の扮装は、なにかのまじないかもな」

推量してから、わからないな、と京四郎は言い添えた。

「住吉さんは海難《かいなん》除《よ》けの神さまで、博打の願掛けってのは聞いたことがありませんよ。やくざ者が五人で集まって、よくないことを企んでいなきゃいいんですけどね」

なんとなく気にはなるが、わざわざ呼び止めて用件を問いただすほどでもない。

五人組を目で追いかけるに留《とど》めた。

昼九つの鐘が鳴りはじめたとあって、

「舟が出るぞ！」

と、渡し舟の舟頭の声が響いた。


三人は、住吉神社の鳥居をくぐった。

拝殿と神楽殿《かぐらでん》、社務所とあって、本殿や末社は普請中だった。

「あ、そうか、先だっての火事で、住吉さんの社殿は焼けちゃったんだわ」

松子が思いだしたように、境内のあちらこちらでは、大工たちが普請をおこなっていた。鉋屑《かんなくず》が春風に舞い、鋸《のこぎり》の音が心地よい。

「さっきの五人は、ここに働きにきたんですかね」

助右衛門は境内を見まわした。

「昼九つを過ぎて、のこのこ駆けつけるなんてお粗末ね」

松子はくさしてから、

「見あたらないわよ。棟梁《とうりょう》に追い返されたのかしら」

と、苦笑した。大工仕事はまだ続いているので、あの五人がいまからここで働いても不思議ではない。とはいえ、かなり出遅れているのはたしかだろう。

本殿へと向かった。切妻屋根《きりづまやね》ができあがり、板壁も八割方完成しているものの、まだ内装は整っていない。

「おや」

予想どおりと言うべきか、桟橋で見かけた大工たちがいた。

だが、彼らは仕事をしているわけでもなく、完成なった神楽殿の前でぶらぶらとしている。

と、五人は通りかかった男と女たちに話しかけた。

男は白の狩衣《かりぎぬ》に紫の袴、女たちは白の小袖に緋袴姿であることから、神主《かんぬし》と巫女《みこ》のようだ。

佃島にある住吉神社の神主は、累代にわたって平岡日向守《ひらおかひゅうがのかみ》を名乗っている。

三人の巫女らは、そろって背中まで伸びた髪をまとめ、紙の丈長《たけなが》を巻いている、いわゆる垂髪《たれがみ》だ。光沢を放つ三人の垂髪が、白の小袖に映えていた。

と、やおら大工のひとりが、鑿《のみ》を平岡の首筋にあてがった。

続いて、残る四人が、巫女たちに鑿を突きつける。さらには、地べたに置いた道具箱から長脇差《ながわきざし》や匕首《あいくち》を取りだすと、次々と鑿と得物《えもの》を持ち替えた。

「きゃあ！」

巫女たちから悲鳴があがった。

すかさず、京四郎が駆け寄った。

「そばに来るんじゃねえ」

男たちは、平岡や巫女を人質に取り、あたりを睥睨《へいげい》しながら、神楽殿の階《きざはし》をのぼっていく。平岡も巫女たちも、降って湧いた凶事に抗《あらが》うこともできず、舞台に追いたてられた。

「てめえら、よく聞け。神主と巫女はあずかった。手出しすれば命はねえから、そう思え」

舞台の上から、男のひとりが大声で怒鳴った。本当の大工たちはもちろん、参詣に訪れた者たちもあわてふためき、右往左往しはじめる。

松子と助右衛門は顔を見あわせ、自分たちの勘が当たったことを確認した。

もちろん、そこに喜びはなく、危機感が押し寄せている。加えて松子には、読売屋の本能である好奇心と野次馬根性が芽生え、いけないと自分を責めつつも、またとないネタに遭遇した運のよさを感じていた。

「貴様ら、なにが目的だ」

京四郎が、神楽殿の下に立った。

男は胡乱《うろん》な目で睨《ね》めつけてきた。

片身替わりの華麗な着物に身を包んだ素性《すじょう》の知れない侍に、戸惑《とまど》いの色が浮かびもしていた。

「うるせえ、三一《さんぴん》。てめえなんぞに用はねえ。名主《なぬし》を呼んでこい」

「用件ならおれが聞く」

売り言葉に買い言葉のように返してしまったが、男のほうが筋は通っている。京四郎は、住吉神社や佃島になんの縁《えん》も所縁《ゆかり》もないのだ。

「いいから名主を呼べ。ぐずぐずしてやがると、巫女のひとりを殺すぜ」

男は強気の姿勢を崩さない。

血走った目が、狂暴さを物語っている。刺激すれば本当に巫女を殺すだろう。それは松子も感じたようで、京四郎の着物の袖《そで》を引き、

「わかったわ。呼んでくるから待ってなさい」

と男に返事をすると、境内《けいだい》で成り行きを見守っている男女に、名主の名と家を確かめた。

すると男は、

「おめえら、みんな出ていきな。境内から出ていくんだ。じゃねえと、血の雨を

降らすぞ！」

男の剣幕《けんまく》に、境内を埋めていた大工や参拝客たちが潮を引くようにして鳥居から立ち去る。

その際、男はすごい形相で、

「これで、ちっとは静かになったってもんだ。とんかちとんかち、うるさくて、しかたなかったからな」

と、大声を放って笑った。

二

「名主さんは、藤左衛門《とうざえもん》さんだそうですよ」

松子は、教えられた藤左衛門宅の道筋を説明した。

京四郎は唇を嚙みしめながら、藤左衛門の家へと急ぎ、松子と助右衛門は鳥居の前にある茶店で待機することにした。

「御免」

藤左衛門の家の格子戸を開ける。

初老の男が、いらっしゃいと愛想を送ってきたが、突然現れた京四郎の身形《みなり》と張りつめた顔を見ると、口を閉ざした。

前置きはせず、

「大事が起きた。至急、住吉神社まで同道してくれ。事情は道々話す」

告げると、素浪人の徳田京四郎だと名乗った。藤左衛門は訝《いぶか》しみながらも、京四郎の態度にただならぬものを感じたようで、玄関におりた。

京四郎と藤左衛門は、玄関から飛びだし、並んで小走りに進む。

住吉神社までの遠くない道々、京四郎はかいつまんで事件のあらましを話した。

藤左衛門の顔が蒼ざめ、佃島はじまって以来、このような凶悪な事件はないと、うわごとのように繰り返した。

「ともかく、神主さまと巫女の身の安全が、第一でございます」

藤左衛門の言葉に、京四郎も同意した。

藤左衛門をともなって、松子たちの待つ茶店に立ち寄ると、休む間もなくそのまま住吉神社へと戻ってきた。

神楽殿の下に立ち、

「おい、名主殿を連れてきたぞ」

京四郎が呼ばわった。男が見おろしながら、

「あんたが名主さんかい」

「藤左衛門と申します」

藤左衛門が名乗ったところで、京四郎も自己紹介した。

「おれは天下の素浪人、徳田京四郎だ」

「てめえはすっこんでろって言っただろう」

男は歯牙《しが》にもかけない様子だ。

そうなると、ますます引っこむわけにはいかない。

「あいにくだが、おれはお節介《せっかい》な性分でな。目の前で悪事が起こっているのを、見すごしにはできんのさ。そうだ、おまえの名を聞こうか」

男を見あげ、京四郎は言い放った。

京四郎を見おろしたまま、男はにやにやとして口を開かない。

「名乗れ！」

怒りを示した京四郎の気持ちを逆撫でするように、男は空咳をひとつ、こほん

とすると、

「泣く子も黙る、鬼殺しの庄兵衛親分の一の子分、向こう見ずの勝太郎《かったろう》ってのはおれのこった」

舞台の上とあってか、勝太郎は役者のように見得《みえ》まで切った。

二つ名のとおり、いかにも向こう見ず、無鉄砲《むてっぽう》、命知らずのような、やくざ者だった。

「まあ、鬼殺しの庄兵衛の子分……」

松子が目を爛々《らんらん》とさせてつぶやく。

庄兵衛一味が強奪した大金が、佃島に埋まっているかもしれない……。

信頼できぬネタなのかとなかば聞き流していたが、もし一の子分の勝太郎が姿を見せたのであれば、本当に隠し金はここにあるのかもしれない。

いや、それなら、昼の日中、人質を取るなどという大騒ぎを起こしはすまい。

夜中に、こっそりと掘りだせばいいのだ。

だいたい、島民のほとんどが漁師で顔見知りというこんなせまい島に、大量の金子を隠せるわけもないと思うのだが……。

ならば、勝太郎たちの狙いはなんだ。

「鬼殺しの子分、向こう見ずなんて威勢のいい二つ名を名乗っているが、やっていることは、神主や巫女を脅すなんて、けちな真似か」

京四郎の批難にも、勝太郎は動ずることなく返す。

「あんた、あんまり言葉が過ぎると、おれたちはおとなしくしてねえぜ。鬼殺しの庄兵衛一味の手口を知っているだろうが」

言い返そうとする京四郎を、藤左衛門が目で制してきた。京四郎はそれを受け入れ、口を閉ざす。藤左衛門がおもむろに、

「わたしに話とは、なんでしょうか」

「あんたは、物わかりがよさそうだ。おれたちの望みを呑んでくれれば、人質には指一本触れねえ。おれたちが逃げられるように、舟を用意しな。それと、火盗改の与力で、亀山勘解由《かめやまかげゆ》って旦那がいる。その亀山さんにな、小伝馬町の牢屋敷に入れられている庄兵衛親分を解き放って、ここに連れてくるよう言え。あんたでも、代わりの者でもいいがな」

「わかりました。火盗改の亀山さまをお訪ねします」

藤左衛門は承知した。

親分を奪い返すために、人質を取ったということか。

それだけ親分の身を案じているとも言えるが、もしかすると、勝太郎たちは隠し金の在り処を知らないのかもしれない。

知っているのは、親分の庄兵衛だけ。であれば、庄兵衛を助けだすことこそが、隠し金を回収する唯一の手段となる。

「亀山さんはな、佃島の向こう岸にある舟松町の湯屋、菊《きく》の湯の二階にいるぜ。いつも、昼九つから八つにかけて、菊の湯の二階で休んでいなさるのよ。そこには、火盗改が使っている密偵がたむろしていて、盗人たちのいろんなネタを仕入れられるって寸法さ」

ここまで説明してから一呼吸置き、

「さっさと行ってきな！」

勝太郎は居丈高《いたけだか》に怒鳴った。

三

京四郎と藤左衛門、松子と助右衛門は、住吉神社の鳥居前にある茶店に戻った。

さっそく島民と思しき漁師たちが、藤左衛門を取り巻いた。そのなかには、巫女たちの父親もいた。降って湧いたような災難に、当惑と不安、恐れと怒りが渦《うず》巻《ま》いている。

京四郎は、勝太郎の要求を思案した。

火盗改がいったん捕えた囚人、しかも凶悪な盗みと殺しを重ねてきた悪党を、解き放つものだろうか。

京四郎ばかりか、松子も疑問と不安を感じたようで、

「亀山さまは承知してくださいましょうか」

島民を憚《はばか》り、小声で疑問を呈《てい》した。

「ともかく、伝えることだ。火盗改の頭取《とうどり》が庄兵衛解き放ちを承知するかどうかはともかく、亀山さんには佃島まで来てもらわなきゃな」

京四郎は、神楽殿に視線を向けた。

さきほどちらりと見えたときには、平岡をはじめ巫女たちは後ろ手に縛られ、勝太郎たち五人から匕首を突きつけられていた。いや、正確には、ひとりは長脇差を抜いていた。

その男は、勝太郎たちとはどこか様子が違って見えた。脅しめいた言動は取らず、冷静に人質や境内の様子に目配りしている。

ただ者ではない。

松子の話を思いだした。

庄兵衛一味には、侍崩れがひとり加わっていたと。その男は剣の腕がめっぽう立ち、これまでも火盗改の同心を何人も斬っているのだという。

あの男が、その侍崩れだろうか。

舞台では、平岡はさすがに平生《へいぜい》を装っていたが、巫女たちは泣き叫び、恐怖に打ち震えていた。

藤左衛門が亀山を呼びにいこうとしたが、

「おれが行く。名主さんは、島民のみんなを守ってくれ」

京四郎は申し出た。

藤左衛門は迷う風だったが、島民たちの様子を見て、京四郎の申し出を受け入れた。

すると、

「名主さんと妙な侍、それに侍の連れの大男と年増女……来な!」

勝太郎が大音声で呼ばわった。

藤左衛門は、神社に向かおうとした。ぞろぞろと島民たちがついていこうとしたが、藤左衛門は彼らを茶店に留まらせた。

京四郎は松子と助右衛門をともない、藤左衛門に続いた。

神楽殿の舞台で仁王立ちしている勝太郎に、

「おれが亀山さんに会ってくる」

京四郎が言った。

「お侍……が。ま、いいだろう。行ってきな」

勝太郎は、華麗な小袖を着流した京四郎を、何者かと訝《いぶか》しんでいるようだ。

それを察し、

「浪人だと申しただろう。町奉行所に駆けこんだりはせぬ」

と、言った。

「そうだ、浪人さんだったな……それにしては、なんとも粋《いき》な身形《みなり》をしているじゃねえか……」

勝太郎は、目の前で大事が出来《しゆつたい》してもまったく動じない京四郎の態度に、ただ者ではないという警戒心を抱いたようだ。

そのせいだろう、

「あんたの連れの、大男と年増女を人質に取るぜ。いいだろう」

勝太郎は、松子と助右衛門を見た。

「ふたりは佃島とは無関係だぞ」

京四郎が言い返すと、

「あんただって関係ないじゃないか」

「おれはお節介な男でな。目の前で罪もない者が理不尽にとらえられ、危険な目に遭っているのを捨て置けないのさ」

「なら、あんたの仲間にも、理不尽に付き合ってもらうぜ」

勝太郎は仲間に目配せをした。

ふたりが神楽殿をおり、松子と助右衛門に迫る。助右衛門は左右から近づいた敵に、張り手を食らわせた。ふたりは吹っ飛んで、地べたに転がった。

「おとなしくしろ！」

怒声を放ち、勝太郎は舞台に目配せをした。残りの手下たちが、人質の首筋に刃物を突きつける。

「わかりました。あたし、人質になります」

気丈にも、松子は進んで承知した。

さすがに京四郎も心配になったが、

「これも、読売のネタにします」

強がりなのか京四郎の心配を気遣ってなのか、はたまた読売屋魂の本音なのか、松子はあっけらかんと言い添えた。

いずれにしても、言葉の裏には京四郎に対する信頼が感じられた。松子の潔《いさぎよ》さに、助右衛門も感心したように、

「わしも人質になりますわ」

と、言った。

「あんたの仲間は、腹が据《す》わっているな」

勝太郎は機嫌を直し、松子と助右衛門を神楽殿にあげ、手下に縄で縛らせた。

渡し舟が出る時刻ではないが、そんなことは言っていられない。

藤左衛門の手配で、京四郎だけを乗せた舟が漕ぎだされた。

対岸にある舟松町の渡し場でおり、勝太郎に指示された菊の湯へと足を向けた。

舟松町の河岸に、菊の湯はあった。

二階へ顔を出し、火盗改の亀山を、と尋ねるとすぐにわかった。

亀山は、黒紋付を重ねた若い侍と、将棋を指していた。

京四郎はかたわらに座り、素性を名乗った。

亀山は将棋盤に落としていた視線を、京四郎に向けてきた。いかにも勝負を邪魔された不満が、顔に滲《にじ》んでいる。

「浪人がなんの用だ」

すると、相手をしていた侍も、駒を手に京四郎を見た。

「佃島の住吉神社に、鬼殺しの庄兵衛の子分、向こう見ずの勝太郎とその仲間が、島民を人質にして立て籠もっておる」

かいつまんで、京四郎は経緯《いきさつ》を語った。

「なんだと」

一瞬にして、亀山の顔色が変わった。

将棋相手の若侍も色めき立つ。

「浪人……あ、いや、徳田殿はなぜ、ここにまいったのだ」

亀山は京四郎を見返した。

「成り行きだ。それより勝太郎はあんたに、住吉神社まで来てほしい、と言っているんだ。で、ただ住吉神社に来るんじゃなくて、小伝馬町の牢屋敷につながれている庄兵衛を解き放ち、住吉神社まで連れてくるよう求めているぜ」

京四郎の話を聞き、

「馬鹿を申せ」

若侍が憤《いきどお》った。

それを亀山が制し、

「庄兵衛と引き換えに、人質を解放するということか」

と、念押しをしてきた。

京四郎が答える前に、

「そんな言い分、聞くことはござらん。ただちに、勝太郎らを召し捕りましょうぞ。おそらくは、金井宗太郎《かないむねたろう》も一緒でございましょう」

若侍は、火盗改の同心で、斎藤多聞《さいとうたもん》と名乗った。

「金井宗太郎……」

京四郎の脳裏に、侍崩れと思われる男の姿が浮かんだ。

「もとは御家人、酒で身を持ち崩し、暮らしに困って賭場で用心棒をするようになった。その賭場で庄兵衛たちと知りあい、一味に加わったのだ。我らの同僚が三人、金井の刃にかかり命を落とした。憎っくき奴よ。なんとしても捕縛……いや、斬り捨ててやる。徳田殿、よく報せてくれた。ただちに火盗改を集め、佃島に乗りこもうぞ」

京四郎に礼を言い、斎藤は闘志を漲《みなぎ》らせた。

「斎藤さん、そういきりたつな。神主と巫女たちの身が危《あや》ういんだぞ。まさか、手柄を立てるのに逸《はや》って、見殺しにする気じゃないだろうな」

京四郎の指摘は正論だけに、斎藤は唇を噛み、どうすればいいのか指示を受けるように亀山を見た。

ふたりが思案をはじめたのを見て、京四郎は言葉を添えた。

「あんたたちだって知っているだろう。佃島といやあ、東照大権現さま、つまり神君家康公以来、将軍家の食膳を調えてきたんだ。小田原の北条《ほうじょう》が滅び、家康公は太閤《たいこう》の命令で関東に入府なさった。その際、摂津《せっつ》国佃村より三十四人の神主と漁師が移ったんだ。以来、累代にわたって佃島にて漁をしている。わけても、住吉神社に仕える神主は、絶対に途絶えてはならないんだ。神主や巫女、島民にもしものことがあったら、いくら勝太郎たちを成敗したとして、あんたら火盗改だって責めを負わされるぜ。そもそも、あんたらの責任を問う以前に、人質の命がなにより大事だろうよ」

京四郎にしては珍しく、熱のこもった物言いになった。

亀山はそれに耳を傾《かたむ》けたあと、

「むろん、幕臣の端《はし》くれとして、わしも神君家康公所縁《ゆかり》の佃島の危機を見すごしにはできん。かと申して、関八州《かんはっしゅう》でさんざんに悪事を働いた悪党を解き放つというのも、御公儀の威信にかかわる……」

と、苦悩を滲《にじ》ませつつ、結論を出した。

「よし、まずはわしが佃島に乗りこもう」

すかさず斎藤も声をあげる。

「わたしも、まいります」

「いや、そなたは庄兵衛解き放ちの件を、御頭《おかしら》に話しにいけ」

亀山は斎藤に命じた。

京四郎は亀山を連れて、佃島の渡し場まで戻ってきた。

日輪は西に傾き、昼八つを告げる鐘の音が響き渡った。

「よし、あとはわしに任せてもらおう」

京四郎に口出しをするなというように、亀山は語りかけた。

京四郎はそれを聞き流し、

「火盗改の頭は、庄兵衛解き放ちを了承するかな」

「……庄兵衛のような大悪党を解き放つとは、とうてい思えぬな」

亀山はきつい目で答える。

「あんた、それを承知で、斎藤を使いに出したのか」

不満と怒りをぐっとこらえ、京四郎は問い直した。

「そこまでは思っておらぬ。火盗改と火盗改の御頭の立場からすると、これまで庄兵衛のために、どれだけの者が殺されてきたのか、どれほどの金子が奪われてきたか……それらを、天秤《てんびん》にかけざるをえぬからな。それを思えば、おそらく解き放ちにはなるまい、と答えたのだ。もしかすると御頭には、違う考えがあるやもしれぬ」

亀山は正面を向いたまま答えた。

ここで、侍崩れのことが気になった。

「斎藤が言っていたが、庄兵衛一味には、侍崩れの男、金井何某《なにがし》がおるそうだな。火盗改の同心が何人か、その男に斬られたとか。その金井何某と思しき男が、勝太郎の仲間に加わっているんだ」

京四郎が言うと、

「ほう」

亀山はにんまりとしてから、

「よし、勝太郎とその仲間を捕えるぞ。捕えられぬ場合は斬る」

「人質はどうなる」

京四郎は抗議の姿勢を見せた。

「心配いらぬ。わしに任せておけ」

亀山は自信たっぷりに胸を張った。

「町奉行所に応援を頼んだらどうだい」

京四郎が提案すると、亀山は即座に断った。

「これは火盗改の領分だ。鬼殺しの庄兵衛一味の捕縛は、火盗改に科せられ、火盗改がおこなった。子分たちの捕縛も、当然ながら火盗改でやる」

「なら、火盗改がもっと人数を出せばいいじゃないか」

「それはわしが判断する。まずは、どうなっておるのか、この目で確かめる」

亀山は足早に、住吉神社に向かった。

京四郎もついていこうとするのを、

「ふたりで行けば、勝太郎を刺激するだけだ」

と、早口に言い置き、京四郎の返事を待たずに足早に鳥居をくぐっていった。気になり、京四郎はその背後から追いかけた。亀山はついてくるなとは言わなかった。己が仕事ぶりを誇示するかのような風でもあった。

ところが、神楽殿の舞台は、もぬけの殻だ。その代わり、神楽殿の前に藤左衛門が立っている。藤左衛門は亀山に挨拶をして、勝太郎たちは人質とともに社務所に移った、と告げた。

うなずくと、亀山は社務所の前に立った。京四郎は社務所の前に植えられた大銀杏の陰に身をひそめる。

「勝太郎、出てまいれ。わしは火盗改の亀山勘解由じゃ」

亀山は張りのある声で呼びかけた。しばらくして引き戸が開き、勝太郎が姿を見せた。

「亀山さんかい。親分を連れてきたのか」

「そんなに早く連れてくることなどはできぬ」

「解き放たねえってことかい」

勝太郎の声が、野太く剣呑《けんのん》なものになった。

「早まるな、そうではない。鬼殺しの庄兵衛、おまえの親分は大悪党だ。それゆえ、はいそうですか、と簡単に解き放ちなぞできぬのだ。それなりの手続きがいる。その手続きが済むまでの間、待ってもらいたい」

「誤魔化《ごまか》そうっていう魂胆《こんたん》じゃねえだろうな」

「そんなわけなかろう。人質の身を危うくするわけにはいかんからな」

「で、いつになるんだい」

「さて、こればかりは上のご意向だからな。火盗改の御頭の独断で解き放つことはできぬ。幕閣のお歴々の御承認も必要なのだ」

「そんなこと、こっちの知ったことじゃねえ！」

勝太郎は怒鳴った。ものすごい剣幕《けんまく》だが、亀山は微塵《みじん》も動ずることなく、

「おまえの気持ちはわかる。だがな、こっちの事情もわかってくれ。かならず庄兵衛を連れてくる」

「今夜中だ。夜九つが期限だと思いな。それ以上は待てねえぜ。いいか、佃島は権現さま所縁《ゆかり》の島だ。その島の守り神、住吉神社の神主と巫女が殺されたら、読売はさぞおもしろおかしく書きたてるだろうよ。あ、そうだ。人質のなかにはな、うまい具合に読売屋がいるんだ。もっとも、その読売屋自身が書けるかどうかは

あんた次第だがな」

勝太郎は哄笑を放った。

「わかっておる」

亀山は請けあうと、踵《きびす》を返し社務所をあとにした。その様子を見ていた京四郎も鳥居を出て、茶店へと向かった。

四

茶店に詰めかけていた島民たちは、藤左衛門の家に集まっているそうだ。

「勝太郎は、夜九つまでしか待てないって言ったな」

京四郎の問いかけに、亀山は悠然《ゆうぜん》と答えた。

「そう申しておったな」

「どうする気だ」

「一瞬にして決着をつける」

亀山は腰の十手《じって》を抜いた。

「強行手段に及ぶのか」

京四郎が亀山に詰め寄った。

「そうだ」

「それでは、人質の身が無事では済まぬ」

「わかっておる。それなりの工夫をするつもりだ」

亀山はそれから半時ほど待機するように言った。しかたなく、京四郎もその指示に従った。

半時が経ったところで、

「腹が減らぬか」

と、亀山が切りだした。腹など気にしておる場合ではないと言い返そうと思ったが、腹の虫がぐうっと鳴った。そういえば、佃島で白魚を楽しもうと、朝からなにも食べていない。

「人質や勝太郎たちも、腹が減っていることであろう。人間、腹が減っては気も荒くなるというものだ」

亀山はにんまりとし、島の者に握り飯を用意させようと言って、社務所へと向かった。京四郎も追いかけ大銀杏の陰で見ていると、亀山は勝太郎を呼びだした。

「なんだ、親分を連れてくるまでは用はねえんだよ」

勝太郎は鬱陶《うっとう》しそうに言う。

「さきほども申したが、庄兵衛が来るまでまだ間がある。どうだ、腹が減ったであろう。なにか食さぬか」

亀山は笑顔を送った。その表情はいかにも親切そうで、腹に一物《いちもつ》も持っていそうにはない。

「飯か……そういやあ、腹が減ったぜ」

勝太郎は受け入れるようだ。

「よし、握り飯を持ってきてやる。もちろん、人質たちにも食わせてやってもらいたい」

「わかったぜ。ただし、妙な小細工をしやがったら、人質の命はねえからな」

「わかっておる」

亀山は笑顔で応じた。

「そうだ……握り飯を持ってくるのは、火盗改の旦那方は遠慮してくれよ。なにせ、火盗改は油断ならねえからな」

勝太郎は思いついたように要求した。

「よかろう」

亀山は請けあって社務所を離れ、茶店に向かう。京四郎が戻ってみると、亀山が茶店の主人と話していた。

「勝太郎は、握り飯の差し入れを承諾した。すぐに準備してもらいたい」

「わかりました」

主人が承知すると、亀山は思わせぶりな笑みを浮かべた。

「それでな、握り飯と持参する茶に毒を入れろ」

「ど、毒ですか」

主人は驚きの顔となった。たちまち京四郎が、

「人質までもが死んでしまうじゃないか」

すると亀山がかぶりを振り、

「冗談じゃ。毒ではなく、眠り薬を入れろ。眠り薬であれば、人質が命を落とすことはない。眠り薬がまわったころに、わしが斬りこむ」

「いかにも甘い策だぜ。勝太郎たちに気づかれたら、無事では済まぬぞ」

京四郎が反対すると、

「ともかく、握り飯だ」

意見など聞く気もないようで、亀山は言いきった。

亀山に言われ、主人が島の診療所から眠り薬を調達してきた。

「人質は何人だ」

亀山が京四郎に尋ねた。

「神主、巫女、その他で六人だ」

京四郎の答えを引き取って、

「勝太郎たちと合わせて十一人か」

亀山は思案し、

「ひとり三個として三十三個、ま、多めに用意して四十個を運ぼう」

と、言った。

豆腐の味噌汁も作られ、それは鍋に入れられ、椀が用意された。味噌汁の中に、亀山が眠り薬を入れる。

「運ぶには三人ほど必要だな。わしはもとより火盗改のように見える者は使えぬな。しかたない、村の女房たちにでも頼むか」

亀山が周囲を見まわしたところで、当然のごとく京四郎が名乗り出た。

「勝太郎は、おれに来るなとはいってなかったはずだぜ。だったら、おれが行かせてもらう」

「行きたいのなら、行くがよい。ただし、くれぐれもよけいなことはするな」

と、釘を刺したうえで、京四郎が行くことを了承した。


京四郎と女房ふたりが、住吉神社へと向かった。京四郎が味噌汁の入った鍋と椀、ふたりの女房は握り飯が盛られた大皿を両手で抱えるようにしていた。

鳥居をくぐり、境内を横切って、大銀杏を横目に社務所へと向かう。三人は口を開くことはなく、社務所の玄関に立ったところで女房のひとりが、

「お食事を届けにまいりました」

と、声をあげた。すぐに引き戸が開く。勝太郎が出てきて、握り飯を見て頬《ほお》をほころばせたが、すぐに京四郎に気づくと目を尖《とが》らせた。

「また、あんたか」

「そう邪険《じゃけん》な物言いをするな。ほれ、味噌汁だ、湯気が立って美味そうだろう」

京四郎は、にこやかに語りかけた。

「式台《しきだい》に置いておきな」

勝太郎はぶっきらぼうに言い放つ。するとここで女房のひとりが、

「中に運びます」

と、きっぱりと言った。

「そんな必要はねえよ」

勝太郎は冷たく返すばかりだ。

怯《ひる》んだ女房に代わって、京四郎が言った。

「神主や巫女さんたちの無事を確かめたい」

「だめだ、ならねえ」

「それじゃ、渡せん」

京四郎は一歩も引かない。

するとそこへ、一味のひとりが顔を見せた。金井宗太郎と思しき男だ。

「いいじゃねえか。人質の無事な姿を拝《おが》ませてやれ」

どうやら勝太郎も、金井の言葉は無下《むげ》にはできないようだ。勝太郎は不満そうに口をもごもごとさせていたが、

「ま、いいだろう」

と、承知をした。

鬼殺しの庄兵衛の一の子分を自負する勝太郎……向こう見ずの異名を取る乱暴者が、一目《いちもく》置く男、金井宗太郎は相当に凄腕《すごうで》なのだろう。

京四郎たちは大皿を抱えて、奥の部屋へと向かう。

中に入ると勝太郎が、

「こっちだ」

と、奥の部屋に向かって顎《あご》でしゃくった。板敷を横切り、奥の部屋へと向かう。

扉を開け、

「さあ、入りな」

勝太郎が言った。

「お食事ですよ」

ふたりの女房が、人質を励《はげ》まそうと明るい声で語りかけ、満面の笑みで中へと入っていく。京四郎も続いた。

神主や巫女たち、それに松子と助右衛門は、相変わらず縄で縛られている。神主と巫女たちは恐怖に加えて憔悴《しょうすい》しているが、助右衛門は元気一杯の様子で、

「ごっつあんです。みんな、飯だぞ」

と、一同を励ましてもいた。

松子も明るく語りかける。

「みなさん、腹が減っては戦はできませんよ。戦じゃありませんけど……」

「縄を解いてもいいな」

ここで京四郎が確かめると、勝太郎は不満そうだったが、金井が承知して縄を解いてくれた。

「温かい味噌汁もあるぜ」

京四郎が声をかけると、巫女たちの頬がわずかにほころんだ。

松子が手首をほぐしながらも、椀に味噌汁をよそってゆく。

すかさず京四郎が、まずは勝太郎に手渡した。勝太郎は片手に握り飯をぱくつき、沢庵をぱりぱりと嚙み砕いた。次いで、味噌汁をひと口飲んだ。

「ちょっと苦えが、まあ、いいだろう」

勝太郎は味にうるさいようだ。

「金井先生もどうだい」

勝太郎は握り飯と味噌汁で心がなごんだようで、上機嫌で金井に声をかけた。

やはり、金井宗太郎だった。

京四郎は金井にも、味噌汁の入った椀を手渡した。金井は無言でそれを受け取り、匂いを嗅いだ。すぐに、さっと顔をそむけ、

「おい、飲むな」

と、勝太郎に声をかける。勝太郎はおやっとした顔をするや、あくびを漏らした。金井は京四郎に暗い目を向け、

「なにか盛りやがったな」

その直後、勝太郎の目がとろんとなったと思いきや、頭をふらふらと揺らした。

「しっかりしろ」

金井が勝太郎を足蹴にする。

勝太郎はもごもごと、寝ぼけ眼をこすっている。金井は他の三人の仲間に向かって、味噌汁は飲むな、ときつく釘を刺した。

「よくも企んだな」

金井の物言いは落ち着いているものの、かえって恐ろしさを物語っており、背筋がぞくっとなる。巫女たちも握り飯を食べる手を止め、肩をすくめた。

「どうなんだ」

金井が迫ってくる。

ここで、勝太郎が頭をぶんぶんと横に振り、大きく伸びをして腹をぽりぽりと掻いた。量が少なかったため、効き目は弱かったようだ。

「てめえ、よくも小細工をしてくれたな」

「やめてください！」

松子が大きな声を出した。しかし、勝太郎に効き目はなく、

「我慢ならねえな。あれほど、小細工は弄《ろう》するなと釘を刺しておいたはずだぜ」

「好きにしろ」

ここにきて、京四郎は開き直った。それ以外に手立ては思いつかない。

「この野郎」

勝太郎の拳が飛んできた。顔面を殴られ、唇を噛んでしまった。

「もう、勘弁ならねえぜ」

勝太郎の両目はつりあがり、真っ赤に膨《ふく》れている。みな、固唾を飲んで、成り行きを見守っていた。

果敢にも松子が、勝太郎と京四郎の間に立った。勝太郎の動きが止まった隙を突いて、助右衛門が体当たりを食らわせた。

勝太郎は、もんどり打って畳を転がった。

が、次の瞬間、

「やめろ」

金井が抜刀し、巫女のひとりの首筋に切っ先を突きつけた。

助右衛門はどっかとあぐらをかいた。

「畜生、よくもやりやがったな」

むっくりと起きあがり、勝太郎は助右衛門を足蹴にした。しかし、助右衛門は小岩のように動じない。かえって勝太郎は、「いててて」と足をかばい、

「ま、いいや。おかげで眠気が吹っ飛んだぜ」

と、強がりを言い放った。

「落ち着け」

金井の諭すような物言いに、勝太郎も平常心を取り戻したようだ。

「ともかく、これは持って帰りな」

それでも怒りはおさまらないのだろう、勝太郎は味噌汁の入った鍋を蹴飛ばした。それが、せめてもの腹いせのようだ。

床に飛び散った味噌汁を見て、勝太郎はふんと鼻を鳴らす。

「握り飯には、なにも入っておらんぞ」

京四郎の言葉を、

「あてにならねえぜ」

勝太郎は受け入れなかった。

「本当ですよ」

松子が握り飯を手にすると、大きく口を開けて頬張った。それから巫女たちに笑顔を向けて、

「大丈夫だから、食べようね」

と、巫女たちをうながす。

これをきっかけに、巫女たちも握り飯を頬張った。ようやく安心したのか、勝太郎や金井たちも食べはじめる。

「用済みだ。目障《めざわ》りだぜ、出ていきな」

勝太郎は京四郎を睨《にら》み続けたまま、邪険に手を振った。

足早に京四郎は女房たちを引き連れて部屋を出ると、板敷を横切って社務所をあとにした。

「だから言わないこっちゃないんだ」

京四郎は舌打ちをした。

果たして、亀山はこれからどうするつもりだろう。庄兵衛を連れてくる気はないのだろうか。こうなっては、庄兵衛が来ないことには、奴らはおさまるまい。

そんなことを思いながら、鳥居前の茶店まで戻ってきた。

五

言いつけられていた役目を終えたのか、斎藤が茶店に来ていた。亀山と斎藤が期待のこもった目を向けてくる。

「見破られた」

短く結果を告げると、京四郎は事の顚末《てんまつ》を語った。亀山は苦い顔で、京四郎の失態をなじった。

「ともかく、庄兵衛を連れてくるべきだぞ」

京四郎が亀山に言う。

「そんなことを軽々しく申すな」

亀山はにべもない。

「では、どうするんだ」

京四郎の目は、責めたてるようにして凝《こ》らされた。亀山も、さすがに頭ごなしに跳ねのけることはできないようで、

「大丈夫だ。我らで勝太郎たちを捕える」

声音《こわね》を落とした。

「だから、どのような手立てなんだ」

納得できないとばかりに、京四郎は首を横に振った。

亀山が肩を怒らせて、

「無礼者、我らを疑うか」

「人質が無事に帰ってくれさえすればいいんだよ」

「それでも、庄兵衛を解き放つというのは難しかろうな」

亀山は鼻を鳴らした。

結局のところ、火盗改の関係者だけで、どうにかするつもりなのだろう。おそらくは、無理やりにでも乗りこむ気でいる。

仮に、火盗改が庄兵衛を連れてくれば、勝太郎たちに油断が生まれるかもしれない。その隙を逃さず、討ち取るという企てはわかる。

しかし、いかんせん、庄兵衛も加わった敵に、それが可能なのだろうか。

亀山や他の火盗改同心がたとえ凄腕だとしても、相手には金井がいるのだ。火盗改同心を何人も斬った、金井宗太郎が……。

京四郎が助勢したとして、混乱に乗じての戦いには自信が持てない。自分の身を守るだけならばともかく、肝心なのは人質の命だ。

それを弱気とは思わない。冷静な判断だ。

「やはり、さまざまな方面に報せを出し、人数を繰りだすべきではないか」

京四郎の提案に、

「いや、それは無用」

そう言いきるや、亀山はふたたび社務所へ向かおうとした。

「なにをする」

京四郎が呼び止めると、

「そなたらが踏んだしくじりで、勝太郎は気が立っておろう。それを宥《なだ》めねばならぬのだ」

亀山は、いかにも京四郎のせいだと言いたげだ。京四郎にすれば、反対したにもかかわらず、安易な策を実行した亀山こそが悪いのだが。

しかし、いまはそんなことを言いあっている場合ではない。ともかく、勝太郎たちが、おとなしくしていてくれることを願うばかりだ。

――金井宗太郎。

常に冷静な男……勝太郎にも物申すことができる男。

金井がいるかぎり、勝太郎は暴走しないようにも思える。しかし、相手は鬼殺しの庄兵衛一味だ。押し入った先の人間を、手当たり次第に殺してきた連中である。安易に信用などできるはずはない。

金井とて冷静さの裏には、狂暴な素顔が隠されているのだ。

それにしても、連中が庄兵衛の解き放ちを願うのは、なぜだろう。頭目《とうもく》への忠誠心か。それともやはり、隠し金を回収したいからなのか。

ふたたび庄兵衛を頭《かしら》として、ともに盗みを働きたいのかもしれない。それもあるだろう。

そんなことを考えながら、亀山を追って社務所近くまでやってきた。例によって銀杏の木の陰で、亀山の様子をうかがう。

と、亀山が近づいてきた。どうやら京四郎に気づいていたようだ。

眠り薬の一件で、去るように叱責されると思いきや、

「眠り薬の件、わしの失態だ」

と、意外にも詫びを入れてきた。打って変わった亀山の態度に、京四郎は戸惑いながらも、

「今後は無理なことはしないほうがいいぜ」

亀山は軽くうなずいてから、困った表情を浮かべた。

「庄兵衛を奴らに引き渡せば、庄兵衛を捕縛したこと自体が無意味となる。しかし、勝太郎に自棄《やけ》になられても困る」

「勝太郎はいかにも血の気の多い奴だが、金井宗太郎が勝太郎の暴発を防いでいる。ところで、勝太郎たちの狙いはなんだ。盗賊たちがそこまで頭目に義理堅いとも思えぬゆえ、庄兵衛が隠した金のためだと思うが……」

亀山は二度、三度首を縦に振り、

「いかにも、それだろう。庄兵衛を捕えながらすぐに死罪にしないのは、我らも奪った金の所在を吐かせようとしておるからじゃ。ところが庄兵衛め、じつにしぶとい。白《しら》を切って白状せぬ」

「隠し金の在り処、庄兵衛しか知らないんだな……ところで、今後の交渉相手だが、勝太郎から金井に替えてはどうだい」

「それはどうであろう。勝太郎めは自分を無視されたと思って、気を悪くするか

もしれん」

亀山は慎重な姿勢となった。

「あんたに任せる」

ここは亀山の好きにさせることにした。


亀山は社務所の前に立ち、勝太郎を呼ばわった。

すぐに勝太郎が出てきたが、三和土《たたき》に金井が立っている。金井は外には出ず、社務所の中から様子をうかがっていた。

「なんでえ」

勝太郎は強気の姿勢のまま、睨《ね》めつけてくる。

「庄兵衛だがな、間違いなく夜には連れてくる」

「そんなことを、わざわざ言いにきたのかい。こちとら、それを信じて待っているんだぜ。言っとくがな、夜までには間があるんだ。また妙な小細工を仕掛けているんじゃあるめえな」

勝太郎は勘ぐった。

「そんなことはせん」

「そう言いながら、ぬけぬけとやるのがあんたらだ。どうだい。見せしめにひとりを殺すか。ひとりくれえ、いいじゃねえか」

勝太郎は社務所の中に引っこむと、巫女の手を引いて戻ってきた。

巫女は顔面蒼白となって、泣き叫んでいる。丈長が取れ、垂髪がざんばらとなった悲惨な様子は、もはや巫女らしさの欠片《かけら》もない。

「やめて！」

「おめえは死ぬんだ。住吉の神さまのためだと思いな」

勝太郎は匕首の刃で、巫女の頬を軽く叩いた。

睨みつけてはいるものの、亀山にも成す術《すべ》はないようだ。そんな巫女の窮地を救ってくれたのは、このときも金井だった。

「その辺にしとけ」

三和土に居ながら、金井は勝太郎を制した。勝太郎は金井を振り返り、

「先生、よけいな口出しはやめてくださいな」

と、凄《すご》んだ。

しかし、金井は恐れるどころか、かえって自信たっぷりに返す。

「やめておくんだ」

勝太郎はむっとして、

「てめえの指図は受けねえ」

叫ぶや、匕首を頭上に掲げた。

すばやく金井が詰め寄り、勝太郎の腕をつかむとねじりあげ、匕首を奪って社務所の中に放り投げた。間髪をいれず、巫女の手を取って中へと入る。

解放された勝太郎は暴れるかと思いきや、

「……とにかく、親分を連れてこいよ。じゃなかったら、本当に承知しねえからな」

己の威厳を示すように凄みながら、社務所の中へ戻っていった。引き戸が閉められようとしたところで、京四郎が、

「金井、待て」

ぬっと、中から金井の姿が現れた。

「かたじけない」

京四郎は礼を言った。

「礼なんか言われる覚えはねえぜ」

金井は薄笑いを浮かべた。

「いや、感謝する」

「どうしてだ……」

「勝太郎の暴走を止めてくれた」

「止める……ああ、結果としちゃあ、そんな風にもなっているが、思い違いしないでくれ。おれはなにも、あんたらのためにやったんじゃない。あくまで、こっちの都合でしてるだけだ」

「ならば、ひとつだけ聞かせてくれ。おまえたちが庄兵衛を取り戻したいのは、なぜだ」

「決まってるじゃないか。庄兵衛親分ともう一度、一緒に盗みを働くためだ」

金井の顔には一点の曇りもない。

「あんた、元御家人らしいではないか。盗人の仲間に加わって平気なのか」

突如としてそう問いかけた。沈着冷静な金井が、一瞬、視線を泳がせる。

「盗人に身を持ち崩して、あんたはなにも感じないのか」

京四郎はたたみこむ。

だが、金井は薄笑いを浮かべ、

「おれの勝手だ」

「どうして盗人になったのだ」

「貧乏御家人が嫌になったのさ。大金を手に、贅沢な暮らしがしたくなった。それよりも、親分を連れてこい。でないと、おれだって人質に危害を加えることを躊躇《ためら》わぬぞ」

金井は野太い声を発した。

「わかった」

返事はしたものの、それについては京四郎はなにも役に立たない。肝心の亀山は、すっかりと黙りこんでいる。このまま庄兵衛を連れてこなかった場合、最悪の事態になる可能性が高いと、予想しているのだろう。

「小細工なしだぜ」

金井は釘を刺すように言い置くと、勢いよく奥へ戻っていった。

「ふん」

亀山は鼻で笑ったが、それはどこか虚勢を張っているかのようだった。

ふたりは社務所前から踵を返して境内を突っ切り、鳥居へと足早に向かった。

鳥居前で京四郎は、亀山に問いかけた。

「やはり、金井がいるかぎり、容易に手出しはできぬ。無理に乗りこめば、人質に危害が及ぶだろう」

「しかたない、庄兵衛を囮にする」

「なんだって？」

「斎藤の話によれば、御頭のお許しは出た。だが、よけいな交渉や譲歩は無用。お縄にするか斬り捨てるまで」

庄兵衛を連れてくることに関しては賛同するものの、京四郎はいまいち納得がいかなかった。連中の狙いをもっとよく調べ、人質の命を最優先に守る策を、十分に練るべきだ。

最悪の事態になるやもしれぬ……京四郎は不吉な予感に駆られていた。

六

夜四つになり、京四郎と亀山が舟松町の渡し場にやってくると、火盗改同心の斎藤多門が、庄兵衛を連れて姿を見せた。

下弦《かげん》の月に照らされた庄兵衛は、鬼殺しと異名を取る盗賊とは思えぬほど、ほっそりとした色白の優男《やさおとこ》だった。牢屋敷に入れられて髭《ひげ》や月代《さかやき》は伸びているが、流し目には色気があり、真っ赤な唇は紅を引いたかのようである。

もしや、と京四郎に疑念が宿った。

勝太郎や金井が庄兵衛にこだわるのは、男色《だんしょく》のためではなかろうか。

もちろん、隠し金のこともあろうが、恋い慕う庄兵衛の身を解き放ち、ふたたび一緒に盗みを働きたい、と願っているのではないか。そんな気を起こさせる男であった。

しかし、それは京四郎の思いすごしなのかもしれない。人は見かけによらないもの。見た目は善良そのものの男が、凶悪な人殺しなどということは珍しくないし、貞淑《ていしゅく》な人妻が間男と不義密通を楽しんでいることだってある。

庄兵衛は亀山を見ると、にやりとした。亀山は睨み返し、

「おまえも悪運の強い奴だ。忠実な手下に恵まれておると言ったほうがいいか」

「旦那、おあいにくさまでしたね。せっかく捕えたっていうのに、じき解き放つ羽目になるなんて」

庄兵衛は風貌同様、声もまるで女のようであった。小柄な身体と相まって、女物の着物を羽織れば、乙《おつ》な年増女で通用するのではないか。

ここで、亀山が京四郎に言った。

「こいつのやり口を教えてやろうか」

興味深いことだ。あれだけの盗みを重ねられたのは、単に強引なやり口だけではないということだろう。

「こいつ、たぶらかすのさ」

亀山はにんまりとした。庄兵衛はそっぽを向いて、鼻歌を唄いはじめる。

「たぶらかす……」

京四郎が首をひねると、

「こいつは、女の形《なり》をするのだ。女物の着物で鬘《かつら》を被《かぶ》り、白粉《おしろい》を塗りたくって紅を引いてな。そうしたらこいつは、歌舞伎の女形《おやま》顔負けの色っぽい女になるのだ。そうやって、夜にな、目をつけた大店の主《あるじ》に近づくんだよ」

暗がりのなか、大店の主は色っぽい女に言い寄られて、でれっとなる。

「主をその気にさせておいて、ある晩、店を訪れるのだ。庄兵衛一味が押し入った先の店主がやもめばっかりだったのには、そういう理由があったのだ」

わざわざ訪ねてきた庄兵衛を、大店の主人はいそいそと店や家に導き入れる。

そこへ、庄兵衛は仲間を呼び寄せて、さんざんに盗み働きをするということだ。

「まったく、とんでもない野郎さ」

「ふん、助平爺《すけべ》いが身を滅ぼしたって寸法さ」

庄兵衛は、反省の欠片も見せなかった。

「それがやり口とわかったんでな」

亀山は、囮の商人を仕立てたという。ある商人に頼み、主を火盗改の密偵が務め、おとこやもめの好色男を装わせた。

「こいつ、うまうまと引っかかった」

亀山が言うと、庄兵衛はにんまりとした。

「密偵から、庄兵衛がやってくると聞いたわしは、その店に火盗改を伏せさせ、一味が押し入ってくるのを待った」

果たして、庄兵衛一味が現れた。

そこを、火盗改が捕縛したのだった。

「一網打尽《いちもうだじん》にできるかと思ったが、あいにくと幾人かには逃げられた。こいつは、女装していたのが災いして逃げ遅れたのだ。自業自得《じごうじとく》とはこのことだな」

亀山は哄笑を放った。笑い声が夜風に乗って、隅田川を渡ってゆく。

まんまと捕えた庄兵衛を、囮とはいえ、これから一瞬でも解き放たなければならない。そのことは、亀山自身が痛感しているとみえ、笑い声が虚《むな》しく消えていった。

隅田川の上流では、篝火《かがりび》があちらこちらに見受けられる。佃島の漁師たちによる、白魚漁がおこなわれているのだ。彼らは人質の身を案じながら、自分たちの仕事に務めているのだろう。

夜の闇に淡く滲《にじ》む篝火を見ていると郷愁《きようしゆう》に誘われるが、いまはそんなことに浸《ひた》っている場合ではない。

「よし、住吉神社へ行くぞ」

亀山が言ったところで、どやどやとした足音が近づいてきた。いくつかの提灯の灯りが、河岸に揺れた。

勝太郎たちだった。

仲間と一緒に、平岡と巫女、それに松子と助右衛門たちを引き連れている。

金井のみが、手拭で頬被りをしていた。

後ろ手に縄でくくられたままの神主と巫女は、夜目にも怯えているのが一目瞭然であった。松子と助右衛門も、おとなしく縄につながれている。

松子は、大丈夫だと目で言ってきた。

どうやら勝太郎は、ここで人質と庄兵衛を交換する腹づもりのようだ。河岸の

上から、勝太郎が庄兵衛の姿を目にすると、

「親分、ご無事で」

感極まった声を発した。

「今回はよくやった。誉めてやるぜ」

庄兵衛に言葉をかけられ、勝太郎は嬉しそうに、にんまりとした。

庄兵衛たちと人質が、桟橋におりてくる。

「さあ、人質を離せ」

斎藤が迫る。

「まあ、急ぐな。それより、舟は用意してあるだろうな」

誰ともなく勝太郎が声を発したところで、藤左衛門がやってきた。

「おれは、渡し舟なんかに乗らないぜ」

庄兵衛が言った。

それを受けて勝太郎が、

「ちゃんとした舟を用意しておけって言っただろう」

これには藤左衛門が答えた。

「こちらに用意しております」

桟橋の先に、一艘の荷舟が舫《もや》ってあった。舳には篝火が焚かれてある。

「よし、いいだろう」

庄兵衛が言った。

「舟頭がいなきゃ、舟は動きません。あなた方、六人もいるじゃありませんか。真夜中に六人乗った舟を操るのは、いかにも難儀ですよ」

藤左衛門が声をかけると、

「大丈夫だ。おれが漕《こ》ぐ」

金井が答えた。手拭で顔を覆《おお》っているのは、かつて武士だった負い目を感じ、同じ幕臣の前では少しでも顔を隠したいという心持ちなのだろうか。いまさら顔を隠したところでしかたなかろうに、と京四郎が訝しんだところで、

「早く、引き渡せ」

斎藤が急《せ》かした。

「わかったよ」

勝太郎は仲間に、人質をつないでいた縄の手を離させた。すかさず、松子と助右衛門が、平岡と巫女たちを導き、勝太郎たちから離れた。助右衛門は立ち止まり、敵に備えて仁王立ちとなる。

幸い、勝太郎たちの注意は庄兵衛に向いている。縄で縛られたまま、庄兵衛は桟橋を歩きだした。腰のあたりに、縄の先が垂れている。

と、ここで斎藤が動いた。

斎藤は風のように走りだしたと思うと、庄兵衛の縄をつかむや、ぐっと引き寄せた。庄兵衛は、もんどり打ってひっくり返る。

「野郎、なにしやがる！」

勝太郎が喚《わめ》いたときには、斎藤は勝太郎の喉《のど》を大刀で斬り裂いていた。鮮血が飛び散り、勝太郎は海へざぶりと落ちた。

驚きで身をすくませていた仲間も、我に返って斎藤に匕首を向けた。すぐさま斎藤は、ひとりを斬り伏せた。

じつに、あざやかな手並みだ。

ここに至って、亀山も大刀を抜き、一味に斬りかかる。ひとりを袈裟懸《けさが》けに斬りさげ、間髪をいれずふたり目にも刃を向ける。

斎藤は、金井へ斬りかかった。

京四郎が加勢することもない。自信満々の亀山であったはずだ。たちどころに、一味を退治しようとしている。

ところが、斎藤が金井に迫ったときのことだ。渡し舟の篝火に、金井の顔が浮かんだ。

と、なぜか斎藤の刀が止まった。

「おまえ……」

斎藤に戸惑いが生じた。これが災いした。金井が長脇差で、斎藤の胴を払った。

斎藤は呻き声を漏らし、

「どうしてここに……」

桟橋の上に倒れた。

あわてた様子で、亀山が金井に斬りかかる。ところが、亀山は動転したのだろう。大刀は空を切った。対して金井は落ち着いた所作で、亀山の首筋に長脇差を振りおろした。

亀山は前のめりに倒れた。ただし、血は流れていない。どうやら峰《みね》打《う》ちにしたようだ。

どういうことだ。

わけはあとで考えるとして、いまは金井と庄兵衛を捕えねば……。

京四郎は抜刀した。

金井は亀山を抱き起こし、

「寄るな。寄ると、こいつの命はない」

と凄《すご》んだ。脇に、庄兵衛も立つ。金井は長脇差で、庄兵衛の縄を切った。

「でかした」

庄兵衛は金井に言った。

「親分、よくぞご無事で。さあ、行きましょう」

亀山を人質に取って、用意させた舟へとおりたった。

「今度は、火盗改の与力さまが人質だ。手出しできまい」

金井と庄兵衛、そして亀山を乗せた舟が、ゆっくりと漕ぎ出た。

七

「やられた」

京四郎は呆然と、庄兵衛を乗せた舟を見送った。

「京四郎さま、ぼけっとしてないで乗ってください」

そのとき、助右衛門の声で我に返った。

なんと、助右衛門は渡し舟に乗り、櫓《ろ》を手にしている。

そうだ、ともかく追いかけねば……京四郎が飛び乗ると、舟は大きく揺れ、危うく海に落ちそうになった。

「助右衛門、舟を操れるのか」

「わしは肥前大村藩のお抱え力士でした。殿さまのお国入りに従って、御領内に帰ったとき、漁を手伝ったんですわ。大海原で舟を漕ぐのは、足腰を鍛えるのにもええですからな」

助右衛門は諸肌《もろはだ》脱ぎになった。月明かりを受け、隆々《りゅうりゅう》と盛りあがった肩がたくましい。言葉を裏づけるように、舟は滑《すべ》るように漕ぎだした。

「篝火がなくても大丈夫か」

「いりませんわ、月明かりで舟を操ります」

助右衛門の口調は、身体同様にたくましい。

やがて前方に、金井が操る舟が見えてきた。

金井の舟を操る手も、たしかなものなのだろうが、さすがに篝火を焚き、川面を照らしながら慎重に進んでいるとあっては、追尾するに困らない。

「ひさしぶりですけど、感触がよみがえってきましたわ」

嬉しそうに言い、助右衛門は舟を漕ぐ手をゆるめない。

「かならず追いつけ。悪党に、むざむざとしてやられるなんて許さねえ」

京四郎の言葉に助右衛門は、任せてください、と力強く答える。

だがこのとき、京四郎の胸には、ある疑念が渦巻いていた。

斎藤が金井を見て発した言葉……。

「おまえ……」

驚いたようにつぶやき続いて、

「どうしてここに……」

斎藤は金井のことを知っていたはずだ。庄兵衛一味を捕縛した際、斬りあっているのだ。それなら、「どうしてここに」などと言ったのだろう。

そもそも、金井という男、じつに妙であった。暴走しようとする勝太郎を諌《いさ》める冷静な人物で、評判どおり、剣の腕もなかなかである。

人質を殺されてもしかたないような失態も、金井が勝太郎を説き伏せ、許してくれた。

……なぜだ。

庄兵衛が解き放たれる前に、事を荒立てたくなかっただけか。

腑に落ちないといえば、亀山は勝太郎たちとの交渉を、斎藤には任せなかった。

頑《がん》として引き止め、そのくせ、京四郎がついていくことには理解を示した。

まるで、斎藤を勝太郎たちと接触させなかったかのようだ。

いったい、これは……。

「どうしなすった」

助右衛門が声をかけてきた。

京四郎はここで、はたと気づいた。

「そうか！」

思わず大声を発したため、助右衛門が櫓を漕ぐ手を止めて京四郎を見た。

「からくりが読めたんだ」

「からくりってなんです」

「いいから、舟を見失うな」

京四郎が言うと、助右衛門は首をひねりながらも櫓を操り続けた。

京四郎は確信した。

金井を名乗った男は、金井宗太郎ではなく、火盗改の隠密同心なのではないか。だから、斎藤は知っていた。しかし、偽の金井が勝太郎とともに住吉神社に立て籠もったことは知らなかった。

それが、さきほどの「どうしてここに」という言葉につながった。

亀山はもちろん、金井が本物でないことを知っている。勝太郎と交渉する際、金井と顔を合わせているのに、なんら疑念を口に出さなかったことが、それを物語っている。

亀山と偽の金井は、示しあわせている。

なにをやろうとしているのか。

おそらく亀山は、庄兵衛を解き放ちたかったのだ。

そのために、芝居を打った。偽の金井に指揮をさせ、勝太郎や庄兵衛一味に人質を取らせて、住吉神社に立て籠もらせた。庄兵衛の解き放ちを、正当化させるためだ。

偽の金井は、火盗改の隠密同心ゆえ、人質に危害が及ばないようにした。

亀山は火盗改の頭取に、庄兵衛の解き放ちを承知させるため、今回の芝居をあらかじめ話しておいたに違いない。

では、どうしてそんな手のこんだ真似をしたのか。

庄兵衛を解き放ち、庄兵衛自身に隠し金の案内をさせる……。

庄兵衛は奪った金の在り処を明かさなかった、と亀山は言っていた。

そこで、解き放つことを条件に、庄兵衛に隠し金の在り処を明かすよう承知させた。

この芝居、すべての筋書きを、どこまでの人間が知っているのだろうか。少なくとも殺された勝太郎や残党の手下、下っ端の斎藤には、ほとんど知らされてなかったに違いない。

虫けらのように殺された彼らが、京四郎はなんとも哀れに思えた。

舟は大海原を、東に進む。墨を流したような漆黒の水面に、下弦の月が揺らめいている。

左手には陸が続く。夜陰に浮かぶ陸地は、深川だ。深川沖、海に突き出た陸地は、越中島新田《えっちゅうじましんでん》だ。庄兵衛を乗せた舟は、越中島新田をなぞるようにして進み、眼前に見える陸地へと向かった。

月明かりに、朱色の建物が朧《おぼろ》に浮かんできた。

「洲崎弁天社《すざきべんてんしゃ》ですわ」

助右衛門が言った。

庄兵衛の舟は、洲崎弁天のそばの浜辺につけられた。

その手前、十間のところに、助右衛門も舟を寄せる。

「よし、ここで待ってろ」

京四郎は舟から浜辺におりると、足音を忍ばせ庄兵衛たちを追った。

三人は庄兵衛を先頭に、夜道を急ぐ。月光を受けた三つの影が、仲良く並んで動いている。

浜辺を動いている砂や波を蹴散らしながら、洲崎弁天の鳥居に着くと、境内には入らず、玉垣《たまがき》に沿って裏手へと向かった。庄兵衛の歩行に迷いがないのは、よほど見知った道なのだろう。

やがて、無人寺と思われる廃屋へとやってきた。山門や築地塀にはところどころに穴が空き、本堂や庫裏は朽ち果てている。

苔《こけ》むした境内には、往時を思わせるものはほとんどなかった。京四郎は、山門脇にひそんで中を見た。

三人は、護摩堂《ごまどう》だったろうと思われる建屋の裏手へとまわった。京四郎も境内の草地に入り、灌木《かんぼく》の陰からそっと様子をうかがう。

ひざまずいた庄兵衛が、草むらを掘りだした。

やがて出てきた縄を両手でつかみ、

「旦那、手助け願いますよ」

偽の金井が一緒になって引いた。鈍《にぶ》い音が響き、土が持ちあがった。早桶《はやおけ》が引きずりだされた。

「これか」

亀山はにんまりとした。

「へへ」

庄兵衛が開けると、そこには千両箱がいくつかあった。

「いくらあるのだ」

「ざっと一万両でさあ。言っとくけど、おれが五千両、残る五千両を、旦那方で分けるんだぜ。そいでもって、おれはずらかるって寸法だ」

庄兵衛は、女のような見た目とは裏腹《うらはら》の野太い声を発した。

「わかっておる」

偽の金井が返事をした。

「それにしても、亀山さまよ、よくも企んだものだね」

「苦労したぞ、御頭を説得するのにな。御頭には、庄兵衛一味の残党を残らず成敗するのと、奪った金を回収する方策として提言した。この手しかないとな」

「それで、遠藤《えんどう》さまを勝太郎に接近させたってわけだ」

偽の金井は遠藤というらしい。

「勝太郎を泳がせておいた。いつか役立つだろうと踏んでな。勝太郎の奴も、隠し金の在り処は知らなかった。あいつがこっちの誘いに乗ったのは、あいつも隠し財宝にありつきたかったからだ。おれが声をかけ、今回の企てを持ちかけると、ほいほい乗ってきたぞ」

偽の金井、いや、遠藤が言った。

「そりゃそうだろうさ。あいつは、なんのかんのと言っても、おれのことより盗んだ金のことしか頭になかったからな。そりゃ、馬に人参をぶらさげるようなものだろうぜ」

「だけど、あいつには手を焼かされた。なにせ、気が短い男だからな。こっちとしては、人質や他の者たちを傷つけることだけはさせたくなかった。人質に犠牲が出たら、御頭はおまえを解き放つことを承知しなかったし、ただちに火盗改を差し向けるつもりでいたからな。そうなっては、隠し金はおれたちの手には入らなかった」

遠藤は勝太郎の目付役でもあったわけだ。

そこで亀山が深くうなずいた。

「遠藤はよくやった。もし、怪我人や死者が出たら、おれの責任問題だ。おればかりか、御頭の進退にもかかわるだろう。遠藤がついておればよいと思った。佃島を選んだのは、島だから容易に近づけないということと、町方がおらぬという点だったからだが……まさか、あんな妙な浪人がおるとはな」

亀山の言葉に、そばで隠れ聞いていた京四郎は苦笑をこぼした。

「まったくだ。あいつがよけいなことをするから、危うく勝太郎が暴発するところでした」

遠藤の言葉に、庄兵衛が笑みを浮かべて背伸びをした。

「ともかく、これで、おれは自由の身だ。長居は無用、これで旅立つぜ」

「ああ、旅立て……あの世へな」

亀山は言うや抜刀し、庄兵衛を袈裟懸けに斬りおろした。

「き、きたねえ」

庄兵衛は断末魔の悲鳴をあげながら、どうと倒れた。

「亀山さま……そこまでなさらなくても」

遠藤が驚きの声をあげた。

「獄門間違いなしの悪党だ。欺《あざむ》いて斬ったとて、罰は当たらぬ。それに、斎藤の一件はどうなる。役目上、しかたなかったこととはいえ、このままこいつを牢に戻せば、よけいなことを話されていたやもしれぬぞ」

「それはそうでしょうが、それにしても」

遠藤には抵抗があるようだ。

「それより、庄兵衛の口を封じれば、莫大な金子が手に入るのだ。一万両だ……御頭には、二千両だけ回収できたと報告すればよい」

「では、八千両を我らで」

遠藤は大金に目が眩《くら》んだのか、満面に笑みを浮かべた。

「……我らではない。おまえは殉職《じゅんしょく》したのだからな」

告げるや、亀山は遠藤に斬りかかった。

遠藤も抜刀したが、憐れ腕を切り飛ばされ、草むらにのたうった。亀山は情け容赦なく、とどめを刺した。

「ふん、馬鹿どもが」

月光に浮かぶ亀山こそが、鬼殺しのようだ。

そこまで見届けたところで、やおら京四郎は木陰から飛びだした。

亀山が驚きの表情を浮かべる。

「すべてを見物したぜ。あんた、鬼殺しの庄兵衛の上をゆく悪党だな」

いったんは驚いた亀山であったが、すぐに不敵な笑みを浮かべ、

「頭は生きているうちに使うものだ。それに、殺されて当然の悪党どもだろう。鬼殺しの庄兵衛を、閻魔《えんま》大王に代わって罰してやったのだ」

「閻魔大王に褒められるとでも言うのか」

「そうだとも。鬼は冥途《めいど》で閻魔大王に仕える獄卒《ごくそつ》だ。その鬼を殺す庄兵衛を斬ったのだからな」

「庄兵衛の二つ名にこじつけた屁理屈だな」

京四郎は吐き捨てた。

すると、亀山は相好を崩し、

「山分けせぬか……この金を山分けしようではないか」

大刀の切っ先で、千両箱のひとつを突いた。

京四郎はちらりと視線をやりつつ、亀山に問いかけた。

「ところで、真の金井宗太郎はどうしたのだ」

「知らぬ。どこぞへ逃げおおせたのだろう。もっとも、いまさら顔を見せたところで、捕縛もせず、すぐに始末するがな」

興味もなさそうに、亀山が答える。

京四郎は冷笑を浮かべた。

「ままよ、果てなき欲に魂を奪われた男の物言いだな」

ときおり見せる空虚《くうきょ》で乾《かわ》いた笑みだった。

「ふん、浪人の分際《ぶんざい》で偉そうなことを申すものよ。よかろう、金はわしが独り占めにする」

亀山は大刀を大上段に構えた。

「地獄の沙汰《さた》も金次第と言うが、この金、おまえには冥途に持参させぬ」

京四郎も妖刀村正を抜き放つ。

「あの世に逝くのはおまえだ！」

激しく顔を歪《ゆが》め、亀山は怒鳴った。

対して、京四郎は凜《りん》とした声音で、沈着冷静に告げた。

「冥途の土産にお目にかけよう。秘剣雷落《ひけんいかずちお》とし」

京四郎が村正を下段に構えると、踏みこもうとした亀山の足が止まった。

京四郎はゆっくりと切っ先を、大上段に向かってすりあげてゆく。

すると、月が分厚い雲に隠され、暗闇となった。

月も星も、白魚漁の漁火すらも見えないのに、村正の刀身は妖艶《ようえん》な光を発し、やがて大上段で止まった。

村正の発する妖光に照らされ、片身替わりの小袖が目にもあざやかに浮かびあがる。

左半身は白色地に真っ赤な牡丹が花を咲かせ、右半身は萌黄色地に極彩色で描かれた鷹が、爪を立てて獲物に飛びかからんとしている。

すると、闇のなかから苦悶《くもん》の声が響き渡った。無数の亡者がもがき苦しむ声に包まれ、思わず亀山は身をすくませた。

そこへ、血にまみれた庄兵衛と遠藤、それに斎藤が刃を向けてくる。

「ひえ〜よ、寄るな！」

亀山はめったやたらと大刀を振りまわした。

と、闇夜を切り裂くように雷光が奔《はし》った。

雷に打たれたように亀山は我に返り、

「おのれ、妖術を使いおって」

大刀を八双《はっそう》に構え直すと、京四郎に向かって駆け寄ってきた。

京四郎は身動《みじろ》ぎもしない。

目の前に亀山が迫った瞬間、雷光を帯びた村正が横に一閃された。

亀山の首が両断された。

雲が切れ、月が夜空を彩《いろど》る。

首は夜空を舞い、千両箱に落ちた。

ほの白い月光に照らされた亀山の首は、両目がかっと見開かれ、千両箱にがっしりと噛みついていた。

「亀山勘解由、おまえらしい死にざまだな」

京四郎は村正を鞘に納めた。

深川永代寺の鐘の音が、夜九つを告げはじめた。

住吉神社の長い一日が終わろうとしていた。


三日後、京四郎は夢殿屋奥の居間で、松子や助右衛門と白魚を賞味していた。

住吉神社の神主、平岡日向守と佃島の名主である藤左衛門から、白魚が届けられたのだ。

謝礼がしたい、とも言われたが、鬼殺しの庄兵衛が奪った金を取り戻した功により、幕府から褒美として百両が下賜《かし》されるとあって断った。

京四郎は百両のうち五十両を、小石川の養生所に寄付するつもりだった。

松子と助右衛門には、十両ずつやると約束している。

松子は今回の騒動を読売、草双紙、錦絵にして大儲けができると、例によって取らぬ狸の皮算用をしている。

「いやあ、白魚づくしですな」

助右衛門は大喜びだ。

食膳には白魚のかき揚げ、玉子とじ、茶碗蒸し、そして、

「佃島の白魚と言えば、やっぱり踊《おど》り食いですよ」

と、松子は嬉しそうに小鉢《こばち》を手に取った。

生きたままの白魚が、酢醤油《すじょうゆ》に浸《ひた》されている。

「松子、あまりがっつくなよ」

京四郎が注意をすると、

「京四郎さま、あたしはしとやかさが売りなんですよ。指も白魚のようだって、

世間では言われているんですからね」

松子は小指を立てた。

「そりゃ、初耳だな」

京四郎はくすりと笑った。

「いただきま〜す」

勢いよく松子は白魚を啜《すす》りあげた。

と、次の瞬間、

「ううっ……」

呻《うめ》き声を漏らし、小鉢を置くと、真っ赤な顔で喉を掻きむしる。白魚を詰まらせたようだ。

「そら、見ろ」

京四郎が呆れると、

「大丈夫ですか」

助右衛門は松子の背中を、ぽんぽんと軽く叩いた。

「はあ……」

松子は白魚を飲みこみ、安堵《あんど》のため息を吐いた。

「ずいぶんと、おしとやかな松子さんだな」

京四郎は声をあげて笑った。

松子はむっと頬を膨《ふく》らませたが、助右衛門も肩を揺すって笑ったため、我慢できなくなったか、にっこりと微笑《ほほえ》んだ。

コスミック・時代文庫

無敵浪人《むてきろうにん》 徳川京四郎《とくがわきょうしろう》

三

天下御免の妖刀殺法

2024年1月25日　初版発行

【著 者】
早見《はやみ》 俊《しゅん》

【発行者】
佐藤広野

【発 行】
株式会社コスミック出版
〒154-0002 東京都世田谷区下馬 6-15-4
代表　TEL.03(5432)7081
営業　TEL.03(5432)7084
　　　FAX.03(5432)7088
編集　TEL.03(5432)7086
　　　FAX.03(5432)7090

【ホームページ】
https://www.cosmicpub.com/

【振替口座】
00110-8-611382

【印刷／製本】
中央精版印刷株式会社

ISBN978-4-7747-6521-1 C0193